再见，埃琳娜

안녕, 엘레나

［韩］金仁淑 著

聂宝梅 译

上海译文出版社

目 录

再见，埃琳娜

在弘大①前大树耸立的露天餐厅里，我拜托秋天去旅行的朋友，帮忙找我的姐妹。尽管已经入秋，但秋老虎还在发威，露天座并没有什么客人。朋友和我流着汗，吃着薄薄的披萨。对于要去以面包为主食的国家旅行的朋友来说，吃披萨好像不太合适，可是食物端上来，朋友吃得比我还多，一张薄薄的披萨和几杯生啤，很快就见了底。夜幕降临，华灯初上，因晚暑尚未染红的枫叶缝隙里，昏黄的灯光透出来，灯光下绿色树叶的纹理，细腻而鲜活。天黑起来，暑气一消退，露天座上的客人也多起来。对于空着盘子、长时间地占座我们有些抱歉，于是又分别点了一杯啤酒，然而最后一杯几乎都没动，因为朋友和我都不喜欢喝醉。

"能帮我办吗？"

拜托找姐妹的话，仿佛无心一样地说出来，但能否帮我办的话里，则透着执拗的意味。我自认为没有喝醉，却还是不得不借着酒劲。朋友咻咻地笑着，说不定她也醉了。

朋友从干了三年的公司辞职，决定用退职金去海外旅行。不

1

知是去旅行的决心在先，还是从公司辞职在先，但这两件事几乎是同时进行的。朋友一拿到退职金，就一次性还清了卡上尚未到期的分期付款账单，之后全款购买了乐斯菲斯的背包、睡袋和外套等；成天在网上搜集旅行信息，查找便宜的机票价格，找到了更便宜的机票信息后，贴进手续费退换的情况也不少。更便宜的机票和更便宜的住宿费，和在任何情况下都不可取消的警告一起，最终被预订下来。

"重要的是不能取消。"

出发的日子一天天临近，这是朋友挂在嘴边的话，我完全赞同她的话。不可取消……其实这有什么新奇的呢，我们所谓的人生，原本就是如此。

小时候我总是经常性地晚归。对于我来说，要在父亲规定的时间内按时回家，不是一般的困难。我总是努力想早点回去，可是无论如何努力，总是会迟到二三十分钟。有时父亲不给开门，我总是站在公寓的楼梯平台上，望向十二层楼下的停车场，背后的电梯发着沉闷的机械声，上上下下地运行，那声音仿佛在抚摸着我的后背。那是我上大学不久后的事，那时我的回家时间设定在晚上十点，我到家的时候是十点零五分，父亲没有给我开门，只是晚了五分钟而已！我用拳头哐哐地敲打着铁门，后来还用脚踢，门还是没有开，没有人在家。

_____

① 弘大是位于韩国首尔的弘益大学的简称，通常指的是弘益大学的周围。

父亲那天过了午夜才回来，没有任何联系。也许是由于傲气，几乎在门外坚持了一个小时，最终还是用钥匙开门进去的我，对于父亲的晚归，愤怒地无法忍受，我也想趁着父亲愧疚的劲儿，干脆取消回家时间的限定。

"我只是晚了五分钟，父亲却晚了两个小时！我在外面整整站了一个小时！"

父亲呆呆地看着我，脸上没有恼怒，也没有歉意。

"这样啊，那你以后就常想着你人生的五分钟吧！"

那或许是父亲的玩笑？父亲认为自己是个懂幽默的人，总是打一些和情形不符的隐喻，自己笑得前俯后仰，听的人心里却很不舒服。可是那天父亲没有笑，也就是在那天，父亲结束了自己一生中最后的事业，决定从那时开始，直到死的那天为止，自己要永远当一个失业者，这是我后来才知道的。可是我人生的五分钟……如果再回到当时，也就是说我提前五分钟回家的话，我能阻止父亲的决定吗？那样的事情没有发生。无论什么情况下的事，之后后悔或者反省之类，都没有意义。更何况是取消和退换……我不再做那样虚无的梦，也就是我人生的五分钟，最终也无法取消。

朋友从旅行地发来的第一封邮件，是在出国半个月之后，邮件标题是"哇——，可以上网了"。还有附件，是三张照片，分别是埃琳娜1、埃琳娜2和埃琳娜3。在打开附件前，我先读了邮件内容，邮件很短：

"哎，这里到处都是埃琳娜，这里是埃琳娜，那里也是埃琳娜。"

在不长的邮件最后，附着很多"呵呵呵"。怀着朋友在开玩笑的想法，我打开了附件。埃琳娜1是朋友和一个白人少女在旅行地的合影；埃琳娜2是翻拍的那个少女和中年白人女性并排坐着的旧照片，也许翻拍的是少女钱包里的照片；埃琳娜3拍的是街道报刊亭，卖报的女人面朝镜头咧着嘴笑。我把这些照片，平铺在笔记本电脑上，盯着看了许久。朋友发来的邮件内容太短，要理解那些照片，对我来说几乎是不可能的事。

朋友去旅行前，我拜托她帮忙找我的姐妹，与其说是醉话，不如说是玩笑话，怀着"如果可以这样"的想法。很久以前，父亲是远洋渔船的船员，那时我还不记事，也许那也只不过是父亲的玩笑。然而当我长大了很多之后，父亲只要一喝酒，仍会絮叨起那时候的光荣事迹，半年或者一年停留在南极海捕捞鱿鱼的年轻船员的故事，对于幼小的我来说，听起来总是那么地浪漫。在我亲眼见到大海之前，我首先知道了父亲记忆里的大海。我想象中的大海，浮冰悠悠地漂在上面，在浮冰之间粉红色的鱿鱼成群结队地游着。"寂寞啊，真是寂寞。"每当故事告一段落，父亲总会像助兴一般，加上这样的话。那不是早上出去、晚上便返航的航海，而是在远洋漂流几个月的航海，事实上根本毫无浪漫可言。新手船员们无法忍受晕船、孤独和动辄的暴力，自己投身大海后的结果充其量只是让海水把肚子撑得滚圆，被人用渔网捞起来，父亲有时会大笑着讲这些。

我第一次看见大海，大约是在十岁的时候，比同龄的孩子晚了许多。海里没有浮冰，没有游动的鱿鱼，也没有孤独的船员乘坐的渔船，但是有渔网。在码头上一字排开的女人们，戴着围巾在编织渔网，她们当中，一个美丽的女人都没有。和生平第一次看见大海的记忆相比，织网的女人们布满了皱纹、被阳光晒成古铜色的脸，在我的记忆中更加鲜明。父亲醉酒后说的话里，给我留下最深印象的，还要属埃琳娜的故事。

"那边港口的埃琳娜都是我的崽儿，可怜的小东西……我只撒了种就回来了，都是她们自个儿长大。"

那时我们还和母亲一起生活，每当父亲这么说时，母亲都嗤嗤地冷笑，听着就像用力擤鼻涕时发出的"哼哼"声，我想母亲跟我一样，觉得那些故事很有趣。尽管记忆有些模糊，但应该是那样的。

我每晚都会做梦，和不同肤色的姐妹在一起，跟她们用无法解读的语言讲故事。和小孩子的梦境一样，我们所在的地方，是漫画里经常出现的尖塔耸立的城堡，或者是阿尔卑斯山草原之类。可是阿尔卑斯山有草原吗？不管怎样，我的梦里就是那样。梦醒了以后，不知道为什么总是会胸闷。幼年时期，如果我做过离家出走的梦，也许那是为了寻找地球另一端我的姐妹。

远洋捕鱼的丈夫，跟等着丈夫归来、独自抚育孩子的妻子之间，关系并不圆满。丈夫疑心自己不在时妻子的行为，雪上加霜的是，妻子总是把丈夫存折上汇入的、丈夫连见都没见到过的钱，以这样或那样的理由挥霍掉：开了个商店倒闭了，高利贷给别人结果成了坏账，丈夫不在时独自生下的孩子得了脑膜炎，钱都搭进了住院费等等。父亲怒火中烧，抓着母亲的头发，用拳头砸她的头，然后把她赶出家门。母亲挥霍父亲的钱太多，仿佛被那样对待是理所当然的，她总是瑟缩地蹲在门前，或者把在家门前小商店里买的冰块，敷在淤青的脸上，呆呆地站着。这时候的母亲，脸上没有了父亲不在时的光彩。母亲是个不管在哪儿都爱笑、不管对谁都很亲切的人，哪怕是去小商店买棵葱，也总能和陌生的男性顾客坐在长条板凳上聊天，咬着对方买给她的冰糕。母亲讲起远航打鱼的丈夫，任谁看了都是一副刻骨铭心思念的面孔，母亲有时还在陌生的客人面前流眼泪。所谓的思念，真的能让人放出光彩吗？那时母亲的脸，就像焯入沸水前的鱿鱼一样，流淌着光泽。

小时候住的带院子的房子里，有一棵丁香树。到了春天紫色花瓣像爆竹一样盛开，那些花瓣也落到了母亲的头发和肩膀上，家里到处充满了浓郁的香气。父亲讲起自己停靠的港口上的那些盛开的蓝花楹花瓣，下船时，整个码头都被染成了紫色；路上仿佛被落下的花瓣铺上了一层紫色的绒毯。他还讲起开深红色和黄色花的喇叭花树，母亲和我只能通过想象看到那些花，就像父亲只能通过想象看到因脑膜炎而死掉的儿子一样，我们都看着丁香树陷入了梦境。最后父亲突然站起来，喊着"是你把我的钱都花光了"，一把抓起母亲的头发。可是那个动作太过于突然，就像虫子一样蜷缩着身子挨打的母亲，也好像是在梦里。因为挨打而蠕动着的母亲发丝之间，不知道是丁香花瓣还是蓝花楹花瓣，一起跟着摇晃起来。

每当丁香树开花时，母亲都好像在想，如果父亲永远不回来的话会怎样，也就是在我们绝对无从知晓、也无法想象的那遥远的码头上，父亲搂着"埃琳娜"、照顾着"埃琳娜"、永远不回来的话……看着喇叭花树和蓝花楹树的花开花落，父亲在那里生活的话，母亲的人生会不会更幸福？

朋友又发来了邮件，这次也有附件——埃琳娜4和埃琳娜5。

在埃琳娜4的照片里，朋友和年幼的少女们坐在公交车站的椅子上，她们像是在乡村车站里，向观光的游客兜售纪念品的孩子，孩子们坐的椅子下面，还能看见用绳子做的手链、木雕和矿泉水瓶。在不觉间脸被晒黑的朋友两侧，孩子们笑得并不开怀，惊慌失措般很羞涩。朋友走后，我所生活的地方已经入冬，但照片里的朋友穿着无袖上衣，孩子们长长的胳膊下，还穿着短裙、光着脚丫，似乎为了照相把帽子摘了，头上还留有压痕。在埃琳娜5的照片里，没有朋友，只有两个少女在树荫下坐着乘凉，她们像是外国人和原住民生的混血儿，黑色的皮肤、黑而大的眼珠，长得真是漂亮。

可是两个人当中，谁是埃琳娜呢？难道两个都是埃琳娜？朋友没有停止，又陆续发来了邮件。有次一次性地发来了五个附件，其中有一张照片上有一位白发苍苍的老太太，门牙都掉光了、瘪着嘴在笑；还有一张照片上有一位让人眼前一亮的美女，跟白色的狗在一起照相。看着那张照片，我放声大笑。难道狗是埃琳娜？虽然这不合理，但也不是不可以。附件中有一个是简短便条的照片，看上去像从旅行用的便携式词典上撕下一页来写上的内容，用不合乎语法的英语书写的内容如下：

我是你的姐妹，你能邀请我去韩国吗？

我又放声大笑。写这个便条的埃琳娜，是哪个埃琳娜呢？我把朋友发来的照片，到照相馆冲洗了出来，把用数码相机照的照片冲洗出来看，还是头一次。我把那些照片贴在了墙上，陌生地方的盛夏风情，立刻融入了我的房间，还有几名埃琳娜，或大笑或羞涩地望着我，其中也有狗和那张便条。

我很庆幸朋友没有去环球旅行，那样的话，她会把全世界的埃琳娜，都拍下来发给我。埃琳娜的名字，来源于特洛伊战争的起因——希腊神话中的海伦，这是我在接收朋友的邮件时，通过网络检索了解到的。作为宙斯的女儿、古希腊最美丽的女人，海伦在特洛伊战争后，在斯巴达幸福地生活终老。不过也有版本说，海伦被处以绞刑，百科全书果然是百科全书，上面说海伦背叛丈夫、随着恋人逃到特洛伊的传说，只不过是希冀得到海伦的恋人的幻想。还说埃琳娜（Elena）的名字，在英国是 Helen，在法国是 Hélèn，在德国是 Helena。看到这儿，"哈"，我轻呼出一口气，如此果然是"We are the world"。在朋友发来的照片里，某一瞬间我也有了"天下一家"的心情。

朋友说辞职去旅行时，我一开始没有听明白，也就是说，为了去旅行而辞掉工作的意思吗？这样也可以吗？

对于我来说，没有什么可以辞掉的工作，当然也不可能有退职金，连续几个月的背包旅行之类更是连想都不敢想。大学毕业后换过几份工作，但都只是临时或者非正式的，没能上好的大学，没有参加过语言研修，别说别人没有的，就连别人都有的资格证我都没有。父亲失业后，我面临着零花钱必须自己挣的境况，父亲不再找工作，不再做生意，不再去投资，反正不管怎样，他都没有了挣钱的可能，当务之急就是减少支出。父亲说他可以提供我学费直到我大学毕业，剩下的必须我自己看着办，还补充说在外国，不到二十岁就独立了。那样紧迫的话，被父亲不那么紧迫地、皱着鼻子像开玩笑似的说了出来，说完父亲还自个儿笑了。

那时候我正在上大学一年级，我是复读上的大学，当时我的年龄，论周岁已经二十岁了。不用操心学费，只是零花钱需要自己挣，可就这一点，对我来说也是巨大的考验。我认为自己还处于需要被照顾的年纪，尽管前一刻我还在想，这是不再需要父亲干涉的年纪。可是不管哪一种，都是一样的紧迫，站在没有打开的门外，或者在没有人的空房子里，孤独和恐惧都是一样的。

和母亲离婚后，父亲独自抚养我，那时候我刚刚上初中，又不是什么幼女，陡然接管开始进入青春期的女儿，只不过是父亲怄气而得到的悲剧性结局。离婚时父亲不想给母亲任何她想要的东西，为了抢走母亲想要的东西，父亲自己的人生，无论怎样都无所谓。可是关于我，他没想到的是，当妈的会那么轻易地放弃自己的孩子。接手抚养我的最初几年，父亲有多混乱只有我最清楚，早上还很严厉的父亲，到了晚上变得软化；晚上还很温和的父亲，到了早上又顽固起来，混乱中剩下的规则，只有限定的回家时间。有段时间父亲在鱼市干活，那个差事从凌晨开始，到白天结束。为了凌晨出门，在白天必须睡觉的父亲，无法等待女儿的晚归，父亲定上女儿回家时间的闹钟，然后入睡，闹钟响了睁开眼，如果女儿还没有回来，他就会在门内上锁，外面即使有钥匙也打不开房门。我回来时，如果幸运他还醒着，训斥几句后便会打开门，但大多数时候父亲不觉间重新入睡，因此经常晚归的我，常常不得不被罚站在门外。

我大学毕业后觉得再也无法忍受这种不公平待遇。那时候父亲已经失业了，我必须从傍晚开始打工到深夜，回家时间之类，已经渐渐失去了意义。可是积攒的愤怒有时也会爆发，就像父亲突然跑向正在好端端做晚饭的母亲，没头没脑地揪住她的头发一样。

我几乎整月都不想出家门，父亲醒着时我睡觉，父亲睡觉时我总是打开冰箱找吃的，或者去洗手间。分手的男朋友，抛弃我的母亲，我一无所有的人生，茫然无措的未来，杂乱地混合起来，跟狭窄的房间里堆积得快要溢出的垃圾一起，紧紧压迫着我的呼吸。那时我住在通道一体式的公寓里，不知道是从窝在房中的第几天开始，每晚都能听到隔壁房间的哭声。起初那哭声还算是种慰藉，后来却到了无法忍受的程度。最终我打开房门朝着隔壁走去，想敲门的瞬间，玄关门打开了，一个披头散发的女人端着外卖的炸酱面餐盒。

"你找谁？"

哭肿了脸的女人问我。我不知道走到这家的玄关门前想说什么，想说"别哭了"吗？还是想说"我也想哭，不是忍着的嘛！"要么突兀地来一句"对不起"？"对不起，如果哪一天，你在房间里听见我的哭声，真的对不起，那时我不哭就好了。那时候我以为是世界的尽头，没想到更糟糕的日子还在后头，所以请你也不要哭。"但是看到出来扔外卖盒、问我找谁的女子，那些即将说出口的却不是高尚的话：

"现在还吃得下炸酱面？能塞进嘴里吗？"

当然也没有这么说。我在房里窝着时，吃剩的泡面盒不知有多少，肚子里的泡面，仿佛一下子都涌到了嗓子眼。回家时，父亲在玄关门前站着等我，脸上一副"怎么，都说了吗"的询问表情。无法对邻居女子说的话，突然竹筒倒豆子一般对父亲涌了出来：

"为什么父亲不出去工作？！父亲的年纪还不到花甲，哪有这样的！这里是美国吗？哪有从现在就开始让闺女养着的道理！在美国也不能让人养着！别说要供养父亲了，我自己一个人都快要累死了，所以你说怎么办？"

父亲沉默地站着，"所以你说怎么办？"父亲仿佛在默默地问我。

当然无论谁都会犯错，父亲不再挣钱，是因为挣不到钱，每次他想挣钱，却失去更多的钱，只留下债务。父亲很害怕想止损，能做的事情只有停止工作，要理解这种悲哀，对此我还太年轻不能理解他，也许那时是那样的。每当想起那天的记忆，我都努力地宽恕自己，我人生的五分钟……不，哪怕只再忍耐一分钟，那些话也不会说出口。可是当后悔或者反省都没有意义，取消更是不可能时，只好试着去宽恕。还能有什么办法呢？

朋友旅行去的地方，也是我想去的。去哪里都可以，只要能解脱，无论什么我都会去做。鄙俗的家庭，找不到的工作，还有都没有正儿八经谈过一次的恋爱……假如我是男人，会不会像父亲一样上船？遥远的南极海，和自己离开的地方方向完全相反的港口，那个地方有数不清的埃琳娜……开紫色花的蓝花楹树，开黄色花和红色花的喇叭花树……可是父亲为什么回来？

"那里不只是有海，还有草原呢。哎呦，真不知道有多广阔呢，四周都是地平线，能看到的全都是牛。地儿太广，少说也得有几千、几万头牛，反正是个牛比人多的国家。在港口停靠的时候，我去一个熟人的牧场玩，那里还有我给起名叫'埃琳娜'的牛。好家伙，这牛也不知道怎么弄的，自个儿长了一身肉。哎呦，奶子一晃悠起来，真的是，地轴都要动起来。不过晃悠真是好事啊，坐过船的人都知道，不晃才受不了呢！从船上下来，脚一踏上港口，整个世界，从那时候就开始晕。摇晃的腿站在不摇晃的地上，受不了啊！所以船员们歪歪扭扭地走路，大家都捧腹大笑！可是埃琳娜……那是牛还是人，记忆乱七八糟的，反正是个肥肥的女子，骑在她身上晃晃悠悠的，真带劲！真是好女子！无论多久都让我骑，只要我愿意，我骑一辈子她都乐意。她的名字是埃琳娜，女儿的名字也缀上埃琳娜。那个国家就是这样，自己老妈的名字也缀上，自己奶奶的名字也缀上，所以这里那里，满地儿都是埃琳娜。唉，有什么办法呢，我没法照顾的崽子，名字也是她们随意取的，没有办法呀！我必须得回去啊！就算我是个跑船的，也是个混蛋，但这道理我还是懂的，必须回去，回去守着我的老婆孩子，折腾着过日子。当然对不起啊，没办法不抱歉啊，话说在港口啊，到处都是因为抱歉不知道该怎么办的人，还有因为抱歉不晃悠就受不了的人，也不管是自己的，还是别人的，搂着小崽子们，嘴里喷着酒气，在小东西们的耳边念叨着哭啊，那场景，真是不忍看啊，一边哭，一边说对不起啊，对不起……我还是个人，所以对不起啊……好笑？我的故事好笑？也是哈，我还懂点幽默。可是啊，人只要活着，就会对活着的那些心存愧疚。怎么样，这玩笑开得有水平吧？话说玩笑啊，可不是接话逗人发笑，得让人的眼泪打转，这才是真玩笑，不是吗？"

> ——我父亲的名字是朴闵株，1961 年出生，我爷爷的名字是朴石利，故乡在南部海边……

这用蹩脚的韩文书写的字条用数码相机翻拍后作为附件，随着朋友的邮件一起发了过来。看着那照片，我没有笑，如果可以后悔，我能收回对朋友说过的话吗？朋友没有什么女性朋友，她是个好人，可是在朋友圈里并不受欢迎，原因可能是她好奇的东西太多，喜欢说，过分热情，让别人感到不自在。如果她一旦走开，一定会有人倾吐对她的不满："她怎么那样？"对前去旅行的朋友，我提起埃琳娜的故事，绝对不期盼她有如此热情的回应，只是听着她要去的几个国家的故事，突然觉得我对于那些国家也有话说该多好啊，仅此而已。我没有想到的是，她没什么女性朋友，当然也不会有人接收她的邮件。当时我只是羡慕她而已，不仅羡慕她用退职金去旅行，还羡慕梦想着去那样旅行的她，有想做的事情的我的朋友……就拿我来说，不是没有能做的事，也许是没有想做的事，不知道是不能做在先，还是不想做在先，反正这两个并存。

朴闵株不是我的父亲，我的父亲也不是 1961 年出生，虽然我不记得我爷爷的名字，但故乡肯定不是在南部地区，而且给我写信的女子，名字也不是埃琳娜。那女子的名字是淑妮，名字是用罗马字母写了发来的，或许是纯熙也说不定。朋友为什么把不是埃琳娜的女子写的信，拍成照片发过来？这要从和朋友在弘大前吃披萨、喝啤酒那天说起，那天朋友是开车来的，需要醒酒的时间，于是我们去了练歌房。不论从谁那里总能听到"她怎么那样"的朋友，那天也过分地热情。"哎，这里有埃琳娜的歌呢！"在朋友递过来的练歌房歌本上，果然有那样标题的歌，是从未听过的歌曲，朋友和我只是看着画面上浮现的歌词："那天夜晚剧场前那驿站的卡巴莱歌厅里，看到传闻中的纯妮"……歌词这样开始，"连名字都变成埃琳娜的纯妮"，以纯妮结束，"熬夜缠线的纯妮，大红裙子的纯妮，连名字都变成埃琳娜的纯妮，纯妮……"，准确的歌名是《成了埃琳娜的纯妮》。

并非埃琳娜而是"淑妮"写的信被拍成照片放在附件里，没有编上埃琳娜的编号。到了这时，就算是再没有想法的人，也不得不考虑一下"过分"是什么，文件名是"无题"。

我的名字，幸好也不是纯熙，我的名字是希望，尹希望。父亲为何给我起了这么一个让人脸红的名字？是提前预知到了女儿日后的青春，跟自己的青春不同，是连希望都没有了的落魄的人生吗？或许那正是父亲所希望的？希冀没有希望的人生，那样懒散的、不用摇晃也不用愧疚的人生，就那样……

跟父亲、母亲的想法不同，我和朋友们所希望的，并不是我们的人生越来越特别或者出色。我们，如果这么说有语病的话，至少我只是不希望特别的事情发生在我身上。有人并不坚信彩票会中奖却每周买彩票，不是我的某人会中奖，我只希望这个人不是我所认识的人，所谓的希望仅此而已，知道有人中奖，也知道那个人不是我。如果有特别好的事情，那就是奇迹，特别糟糕的事情，却接踵而来：瞒着父母偷偷办的信用卡，因为延误了还款期，在找到像样的工作前，我成了信用不良者；被我认为跟我一样无能的爱人一脚踹掉；父母突然破产……我的人生千万不要有这些事！我曾经那样希望过，只要没有这些事，至少家还是能住的。对于我来说，所谓的家庭就是这样，我能住的家……因此，缓冲时间……永远地离开、去遥远的某个地方，换个名字，或者卖身，那些事情都没有发生。花掉退职金去旅行的朋友也是一样，对于她来说，有父母的家；对于父母来说，在子女重新找到工作之前，有养活她的能力，可以养活她一辈子也说不定。如果不是这样，谁敢辞去有退职金保障的工作？不管怎样她还会回来，不是吗？

我也是如此，不管怎样，不得不从窝了一个月的房间里出来。不管在夜店跳舞跳得多疯狂，夜店关门前也必须要出来。宿醉后头痛的清晨，我们最后的目的地，无论是向右转，还是向左转，不管怎样都是朝着家的方向。

某天清晨，我看到了在阳台吸烟的父亲。父亲患有糖尿病和高血压，医生严禁他吸烟，可他还是这样偶尔抽一支。那时住的公寓位于低区，可以看见烟火一红，烟雾就噗地喷出来，从阳台窗户的缝隙里钻进来。红色的烟火，就像远海上摇曳的灯光，晃动的生命之火，一闪一闪。

　　朋友也知道，父亲在朋友去旅行前的几个月去世了，因高血压而倒下，虽然事情比较突然，但久病成疾，也不能说太意外。打电话给几乎没有联络的母亲时，母亲极力压抑地低声哭泣。母亲再嫁后，尽管不再挨打，但忙于照顾非亲生的子女，没有一丁点空闲。母亲去了葬礼，没有停留太久。父亲生前辗转于多个营生，三教九流的朋友很多，葬礼挤挤攘攘的。远洋捕鱼时的朋友们和在鱼市时的朋友们，聚在一起坐着，讲着鱼的故事，金枪鱼和鱿鱼、秋刀鱼和章鱼的故事。

　　"海里的船都坐过了，区区约旦河算什么。"说这话的，是和父亲一起创业失败的朋友，他也是和父亲一起坐船出海、远洋捕鱼的人。他说话太夸张，一天一个坐船远航的事由，各个都不同：某天说把别人打了个半死，为了躲避报复上的船；某天说本以为是偷渡船，上去以后才知道是捕鱼船；还有某天，说看够了韩国令人生厌的政坛，才因此上的船。他在葬礼上喝多了，每当站起来想要去厕所时，没有人搀扶都不行，他没法照直走，歪歪扭扭地去了洗手间。

　　我突然想放声大笑，因而不得不低下了头，因为想起了我小时候的父亲。那是秋季运动会时，父亲参加了障碍赛跑，跑不直，老是歪斜着跑，惹得围观的人群哄然大笑。他歪歪斜斜地跑，撞到这个人撞到那个人，比赛现场一片混乱。在人们的捧腹中，第一被父亲夺得，期待自己父亲得第一的孩子们哭成了一团，大人们哄着哭泣的孩子，笑了许久。紧紧握着一等奖的父亲，咧嘴笑着看着我。父亲先天两条腿不一样长，走路时还好些，跑起来非常明显。也许父亲上船，是由于有和别人不同的腿长。在摇晃的船上，父亲用短腿和长腿，牢牢地稳住了重心。

在葬礼上，很自然地，父亲们都聚到了一起，自打小时候的运动会或者毕业典礼之类的活动之后，就没有见过这样的场面。父亲们都老了，看上去都没法再参加障碍赛跑之类了，他们只是碰着酒杯，时不时地跨过人生中一格一格的记忆而已。父亲在朋友们当中，属于早早离世的，尽管跑起来歪歪斜斜的，或许最后他还是比别人率先到达了终点？

父亲的一个朋友酒喝得太多，最后摔倒在地上，葬礼瞬间一片混乱，他偏偏倒在我的面前，需要我把他搀扶起来。他说对不起，我说没关系，"没关系，叔叔，叔叔不是还活着嘛！活了那么久，这是多么伟大的事情啊，所以没关系。尽管我没说过尊敬您的话，但我不是没有尊敬您的心，所以我再敬您一杯"。

父亲临终时，什么话都没有留，在还有意识时，父亲对我做的最后一件事，是把地契和存折交给我。存折上的余额少得可怜，都不知道够不够我一个月的生活费，可是一套小面积公寓的地契，也是一笔财产。在我这个年龄，没人可以拿到这些"退职金"，朋友们都很羡慕我。

朋友从旅行地发来的照片，寻找父亲朴闵株的那张字条翻拍的照片，也被我洗出来贴在了墙上。看着那照片，我想我该因我的父亲不是朴闵株觉得庆幸呢，还是觉得不幸呢？没有意义的想法。我因不再梦见有尖塔的城堡，也不再梦见或有或无的阿尔卑斯山草原才孤独吗？……无用的想法。片刻后我去客厅，把父亲的遗像拿过来，靠在那张照片旁边。放好后一看，真的很像是玩笑，在世界上众多的埃琳娜中间，父亲是否也像一个埃琳娜似的在微笑？在众多的照片里，除了不知道公母的那条狗，只有父亲是唯一的男子。可是连牛都起名叫埃琳娜的父亲，不知道是否也给自己起了同样的名字？因为是自认为懂得幽默的父亲。

再见，爸爸……

我很久没有叫父亲为爸爸了，那时我忽然想放声大哭，可以忍住，顶多五分钟……只忍五分钟就好。"没关系，爸爸。"我又说了一遍。我想原谅父亲，他没有对我说"对不起"就死去了，如果父亲那样说，我可能也会说："对不起……尽管我没说过对不起，但我不是不抱歉……抱歉死了……"除了对父亲，对我的人生也可以这么说，对不起，我落魄的人生……幸好还有地契。我也很对不起地契，咬牙坚持了五分钟。挂在墙上的钟表秒针，在数不清的埃琳娜之间，滴滴答答地穿梭。五分钟，就像我短暂的人生那么短暂，又像不短暂的父亲的人生那么漫长。我人生的五分钟，也许这是父亲留给我最后的问候。

呼吸—噩梦

　　那是很久以前的画，如果他没记错的话，他画那幅画时，差不多是在二十年前，那时母亲还是二十几岁。可是画中母亲的脸上，有细小的皱纹，白发也依稀可见，因为他认为，母亲就应该是那个样子的，那时候所有的母亲都很年轻，其中他的母亲格外年轻。画的标题是没有任何修饰语的"母亲"，也许是父母节的写生参赛作品，画中的母亲坐在椅子上，没有扶手、跟教室椅子一样的木椅子，母亲把手放在膝盖上，"就那样"坐着。在课桌间走动着看孩子们作画的老师，停在他的旁边微笑："你妈妈在做什么呀？"年幼的他正埋头于用蜡笔厚厚地涂色，回答道："什么都没做，就那样坐在那里。"

　　母亲去世了。发黄褪色的画纸里，被碾碎的蜡笔末，使得原本就画得拙劣的母亲的脸，现在只看得见团成一团的颜色。就像画纸的颜色褪色一样，蜡笔的颜色也褪色了，画中母亲的色彩，逐渐和她的死亡相似。

　　母亲因为意外事故离世时，父亲决定搬家，如果可以的话，

20

他不想在和妻子拥有共同回忆的家里多待哪怕一秒钟。父亲把房子委托给房屋中介出售，在找到新的住处之前，就开始打包行李。在父亲和母亲从结婚起就住着的、子女们相继出生的家里，犄角旮旯全是东西，塞在角落里或者藏着的东西太多，以至于后来打包的东西都没有地方放。家里有着那么多的物件，以前人是在哪里睡觉，在哪里看电视，又是在哪里吃饭的呢？起先堆在地板一角的行李，逐渐延伸到院子里，后来开始往家门外扔，腿儿晃悠的椅子，人不是不能坐，可是家里坐的人少了一个，没有不扔的理由；搓衣板和捶衣棒仿佛不再会有人使用了，被扔掉了；一床棉絮结成团的棉被，也因为同样的理由被扔掉了。尽管如此，家里的物件还是不见少，父亲开始寻找可以更果断扔掉的东西：在母亲的葬礼上最后一次使用的八仙桌，以后不会再招待大大小小的客人，不会再请客，于是八仙桌被扔掉了；主人离去后的厨房里，没有用的东西，还有掉漆的餐桌，也被扔掉了；母亲不再坐在沙发里，或者不再躺在上面看电视了，陈旧的沙发也被扔掉了；于是没法坐着沙发看的电视，也成了没用的物件。

家里迅速地空了，可是别说是要买房子的人，连来看房子的人都没有。父亲把扔到院子里的一把椅子，重新捡回了客厅，坐在上面瞅着大门口。能用的东西都已经打好包，剩下的只有最先被扔出去的那把腿儿摇晃的椅子，父亲坐在没有扶手、硬邦邦的木椅上，整天一门心思地瞅着大门口。可是一天过去了，两天过去了，季节变换，还是没有人来看房。

画在被父亲扔掉的箱子里放着，在整理行李时被发现的阁楼上的箱子里，放的是和子女相关的各种陈旧物品：少了一个胳膊的机器人、画片和玩具刀，小学一年级第一学期的作业本、成绩单、奖状和照片，还有卷成一团、用皮筋捆着的那幅画。看到那幅画，他瞄了父亲一眼，因为坐在唯一一把椅子上的父亲，和画中母亲的样子非常相似。在翻着箱子时，陈旧的箱子就像被抽掉了肋骨似的，咔嚓咔嚓地散了架。他把散落的"垃圾"，用脚唰唰地堆到一边。在箱子里宝贝一样的东西，被脏兮兮的运动鞋推搡着、踩踏着，什么都不是。

在父亲扔掉的被母亲珍藏的东西里，和哥哥们有关的东西最多，那是对往昔岁月的回忆。跟他一岁之差的双胞胎哥哥们，一起去了美国，都没有回来。他们是跟着移民的大伯去的美国，不知不觉间已经过了二十多年了，那时候他们还没有上小学。

出国那天，一对双胞胎可着劲儿地在机场候机厅里蹦来蹦去，兴奋的褶皱涌现在一样的脸庞上，在一样的鼻子上左右对称。父亲努力想忍耐，可最后火气还是爆发了出来，揪住他们的脖颈，一巴掌打在一个的左边脸上，另一巴掌打在另一个的右边脸上，下手之重，让旁边看热闹的人都尖叫起来，可被揪在空中的小家伙们，仍然"哇"地笑出了声。

在户籍上，双胞胎是大伯的儿子。双胞胎出生时，已经是父亲逃避兵役的第八个年头，如果不自首、不去服兵役，从法律上讲，他什么也干不了。可是在这个世界上，不受法律和常规约束的事情更多，他遇到了一个女人，和那个女人一起生活，然后有了孩子。这些事情无论哪一件，都不需要法律的许可，可是生孩子却不一样。

"没想生崽子。"父亲后来这么说。他们没有登记结婚，两个人也都没有工作，每天要做的事情，就是从夜晚开始，直到第二天的夜晚，滚床单而已。可是对于小夫妻而言，他们还不至于蠢到不知道肚子鼓起来是个巨大的麻烦，只是时间过得太快罢了。"哎呀，这可麻烦了。"在哎呀声里，女人的肚子像皮球一样鼓了起来；"那个该怎么办呢？"在下定决心之前，知道了肚子里不是一个，而是两个，所以不是"那个"，而是"那些"；太过于吃惊，张大的嘴巴还没来得及合拢，女人的下面打开了，间隔不到五分钟，混合着血块的两个肉团儿，猛烈地降临到了人间。也就是说，"那些"仿佛粗暴地抗议着在子宫里必须忍受的"不安的存在"，洪亮地哭了出来。

没想生崽子的父亲，当然也没想过要结婚之类，可是双胞胎出生还不到一年，女人的肚子又重新开始鼓起来了，他知道自己现在到了必须放弃的时候。在父亲看来，母亲的生育能力太强，如果他的女人一直不停地生孩子，那么也许有一天，他会抱着、背着、拖着一打孩子，到处躲避宪兵们和狗的追踪。不知为何他会有这么天真的想法，如果不想有烫手山芋似的一打孩子，其实有更简单的方法。父亲是有着夸张想象力的人，生孩子、把孩子束手无策地送给哥哥，还有作为所有事情起始的逃避兵役，追究起来，都是因为他的这种性格。在一生的每个决定性瞬间，压倒他的感情是恐惧，每次他都逃避，但最后还是在那里。从服兵役开始，他预感到自己会被什么羁绊住，不能再逃太久了。

日后父亲说，和做孩子们的父亲、一个女人的丈夫相比，他更加无法忍受的事，是去军队服兵役。他没想过当爱国者，也不想为国家做点什么，他认为国家并没有为他做过什么，所以也没有理由要求他那么做，他活着没有欠过债，今后也只想不欠债地活着。他不想当什么英雄、伟人或者天才之类。

他的军队生活，毫不夸张地说，非常糟糕。他自首去服兵役时，正值国家发生政变，政权更替，军队经常处于紧急戒备状态。被莫名其妙的疲劳、无法忍受的烦躁、突如其来的愤怒紧紧攫住的老兵们，在年长的入伍新兵身上，找到了发泄口。他因为年龄大而挨揍，被误认为是学生而挨揍，后来被发现是兵役逃避者还挨揍，甚至到了后来，没有缘由地也会挨揍。在入伍后的大部分时间里，他总是挨打、围着练兵场跑、被扒光衣服、直挺挺地站着熬一晚上，他的每个脚趾都有冻伤，手指甲也掉了，睾丸附近还有伤痕。

父亲是个天生羞涩的人，如果有必须要说的话，头就会像要开裂一样的疼痛，脸也会涨得通红；要是必须要说很严峻的话时，心脏还仿佛要跳出胸膛，腿也会瑟瑟发抖。不管是在学校还是在部队里，折磨他的就是"说话"。如果可以避开"说话"，不管什么事他都会去做，可事实上在决定性的瞬间，几乎没有可以避开"说话"的方法，最后必然会出现残酷的灾难。在军队里，老兵们常常要求他答话，每当这时，他的头仿佛要裂开，脸红得要滴血。虽然那都是些没有任何意义的问题，不管怎么回答结果都是一样的，但是他必须得说点什么。他颤抖着双腿思考时，第一轮抽打开始了；他更加急切地反复思考，那期间紧接着的，是第二轮抽打和第三轮抽打。说话被思想替代，思想又一点点夺去了说话的时间，这样的恶性循环持续着，最终父亲完全钻进了思想里，再也不想出来了。他想了又想，想了还想，思想在思想里被夸大，在思想里成喜成悲。

父亲几乎不能喝酒，但也有暴饮的时候，那个时候，思想就会从他的身体里逃逸出来。一天，买菜回家做晚饭的母亲，看到父亲把脸浸在饭桌上盛满水的脸盆里，烧酒瓶横七竖八地倒在饭桌上，父亲全身都湿了。母亲一眼就看出来父亲把自己想象成了一条鱼。母亲收拾好家里、做好晚饭、叠好晾干的衣服，直到打开电灯时，都任由父亲在那里，最后到了睡觉的时候，母亲才走到父亲身边，悠悠地说：

"鲨鱼来啦。"

父亲把脸从洗脸盆里抬起来，勃然吼道：

"蠢货，淡水里哪来的鲨鱼！"

可是在那样吼叫的一瞬间，父亲不得不意识到，说话的自己不再是鱼。从鱼变成人的父亲，突然一脸的疲倦。他太疲倦了，不得不去睡觉。

母亲是和父亲一起去钓鱼场时出的事，抄近路去湖边的钓鱼场时，必须要经过拦水的丁坝。母亲追赶着背着钓鱼包、走在前面的父亲，说自己有点头晕，腼腆的父亲，没有向母亲伸出手。那天父亲从湖里钓上一条香鱼，当时母亲不在身边，父亲钓鱼时，母亲经常自己到处转悠。鱼钩贯穿了香鱼的嘴，从鳃边冒了出来，父亲不想撕裂鱼嘴而想漂亮地取出鱼钩，那鱼钩刺破了父亲的手指。也许是偶然的巧合，母亲就那时候跌落在了丁坝下。

母亲从丁坝上掉下来，肋骨骨裂、腿骨骨折，伤势较重，经仪器检查后发现，她的脊椎和脑部也受了伤。虽说丁坝很高，可伤势严重得过分。日后父亲总去那个钓鱼场，长时间地盯着丁坝下面看，想起母亲出事的瞬间，自己背后仿佛有什么巨大的东西，用尽全力推了自己一下。那一瞬间，如果他也感到眩晕的话，也将和自己的妻子一样，摔断肋骨、摔折腿，内脏破裂也说不定。

知道母亲即将离世时，父亲不由得想起了很久之前他决心去服兵役时的情景，必须要放弃一生中最重要东西时的绝望和孤独，重新紧紧地攥住了他，他好像被扔到了完全陌生的地方，听见内心深处风沙吹动的声音。如果可以的话，他想把手、肩膀、最后把脸埋到自己的心脏里，完全隐匿在那堆积的沙子中。

他知道，生命不是收支平衡的借贷对照表，他放手再大的东西，对应的补偿，也只是巨大的空洞，因此他想生命只因拼命守护的东西和不要回头、必须放手的东西而存在。即便如此，生命中也有想逃避的时刻，就像很久以前的那个时候，他逃避了八年之久，最后还是不得不去军队服兵役。

父亲对他吐露母亲的秘密，是在她即将咽气之前。"在你妈闭眼前，去跟她说原谅吧，"父亲这么说，"必须这样，就算你的心里不能原谅，还好还有'话'，用'话'说原谅吧！我不想让你妈背着今生的债走。"那天，父亲和他并排坐在病房外的长椅上，天黑下来，走廊的电灯打开了，对面窗户上映着他们的身影。他们是如此完全的相似，两个胳膊都一样地垂下来，各自看着不同的方向。那天据他父亲讲，在以前，很久以前，母亲曾经想过杀死谁。他听到父亲的话，不怎么惊讶，他想重要的是，母亲不是杀人犯，是杀人未遂。这世上所有的事情，大部分都是不能如愿地进行，或者不能如愿地结束，难道不是吗？活到今天，他不能说没有过想杀的人。那种念头，说起来不也是未遂吗？最后，父亲说出母亲企图迫害的对象就是他时，他也是这种心情，可是不管怎样，他不是还活着吗？

"我不记得了，父亲。"

"那时你出生还不到二十一天。"

那天父亲的嗓音没有一丝颤抖，生平忌讳说话的父亲，对子女说着那样令人吃惊的话，却没有一点的颤抖。也许父亲是为了说这些话，才会在世上所说的话里感到紧张？也许对父亲来说，所谓的"话"，只有这个？话作为话，成了刀刃，锋利地切下去，把生命的纹理割得支离破碎。

可是，正是因为如此，他无法相信父亲。

他记得年轻时的父亲，在逃避兵役时，就沉迷于钓鱼，动辄独自去夜钓的父亲，退伍回来后，更是把钓鱼当成了家庭郊游。对于父亲来说，他认为自己是为了守护家庭而去的军队，因此家人不能吃闲饭，自己的牺牲很大，相应地，父亲也期望着家人的牺牲，想着必须如此才可以。然而刚到钓鱼场还没有把钓竿甩进湖里，父亲就不得不意识到自己的失误：年幼的双胞胎到处乱跑，把旁边人的钓竿扔到水里，把渔网翻了过来，又扑通扑通地跳进水里。周围的垂钓人刚开始还微笑地看着双胞胎，不出五分钟，就开始咂舌，然后开始谩骂。父亲无法专心钓鱼，尽管如此，那天的钓况还是最好的，鱼竿一甩进湖里，鱼儿就立马咬钩。双胞胎在不停地惹事，他在不停地钓鱼，每次从鱼嘴里取出鱼钩时，鱼嘴都被粗暴地撕裂，母亲看到渔网里全是血的鱼儿，放声哭了。

"你妈那时候精神不稳定。"父亲这么说。双胞胎还不满周岁，丈夫就去了部队，她必须挺着大肚子，独自抚养两个孩子，她很孤独、恐惧和不安。妊娠期间，她呈现出了极度的抑郁症状，去部队看他时也只是哭。可是偏偏赶上战争一样的时期，去部队后每个脚趾都被冻伤、手指甲脱落，就连私密处都满是伤痕的父亲，没有安慰哭泣的妻子，而是把她推到肮脏的小旅馆里，喘着粗气首先撩起了她的裙子。当他的屁股猛烈地抽插时，母亲临盆的肚子好像要掉到肮脏的地上似的，危险地来回摇摆。每到屈辱的高潮瞬间，母亲都会朝着父亲骂不堪入耳的脏话，面对夹杂着母亲泪水的辱骂，粗暴的精液射了出来。那时候如果有人因感到不安而想要害死他、不想要他，那个人不是母亲，而正是父亲，这个想法在他脑海里挥之不去。

临终的瞬间，母亲没有任何意识。父亲对他和盘托出母亲的秘密之前，母亲就已经陷入了昏迷状态。假如母亲还有意识，父亲是否会对他说那些话？不得而知。父亲像守门员一样守在病房外，病房里只有他和母亲两个人，他抓着母亲枯枝般干瘪的手，手心汗涔涔的却说不出话来。"就算你的心里不能原谅，还好还有'话'，用'话'说原谅吧"，父亲的这句话，只是修辞法。他满头大汗，最后还是摇摇头："我不能做……"从他的嘴里，冒出了意外的话，不是不能原谅的意思，那么是不能做什么呢？就在那时，他感到母亲攥住了他的手，虽然只是一刹那，但那是令人惊异的力量，他就像被巨大的力量拽着衣领，一个劲儿地拖向某个地方……那样厉害、可怕的力量。他感到无法用言语表达的恐怖，尖叫着甩开了母亲的手。母亲临终的瞬间就在那时，还是比这早一秒或两秒？他不知道。和悲伤相比，那太过于恐怖，他甚至无法再靠近母亲。

母亲去世后，他一直做噩梦，在梦里他经常处于被杀害的危机中，可是想杀他的人，不是母亲而是父亲，不知道他是真的那么想，还是因为对母亲的负罪感。梦里的母亲没有罪，母亲很纯洁，父亲很残忍，双胞胎哥哥们不是跟着大伯去了美国，而是被父亲残忍地杀害后扔掉了；钓鱼场丁坝上面，推母亲后背的，也是父亲；还有他的妹妹……出生不到一百天，据说是因为肺炎夭折的妹妹，其实也是被害死的。可是……所有这些都是梦，世上有哪个家庭会这样呢？世上有哪个"我们"会这样呢？

母亲去世后，他嘴上说没关系，可实际上并非没有关系，失落感渐渐地袭来，也许父亲也是一样。母亲去世后，父亲失神地坐在唯一的椅子上，和母亲的样子完全相像，那个时间越来越长，父亲似乎整天坐在那把椅子上。坐在母亲的椅子上，父亲不停地回忆着过去，不同于思想倒退回过去，身体却迅速地奔向未来，父亲瞬间至少老了十岁。

年轻的时候，父亲身体很好，父亲推迟八年入伍时，使得老兵们瞬间怒火中烧的原因之一，就是他的身体。那么好的身体，不献给国家，不献给义务、苦难、屈辱、痛苦和光荣，而只是忙于和娘们及小兔崽子们厮混，这让老兵们无法接受。那样好的身体，享受肉体时欲仙欲死的快感，让老兵们想想就抓狂。于是在嫉妒、愤怒、偷窥癖和施虐等如同热锅里的水一样沸腾的那个地方，父亲被当作是一具没有任何思想的躯壳。即使如此，对于父亲来说，是否觉得自己的身体令人憎恶呢？抑或是正是因为这样，才无法憎恶？面对探视他的、即将临盆的母亲，就只想着把自己的阴茎插进去的父亲，在孩子出生后休假回家时，也只是除了这个再不关心其他，只要能做爱，他就一直做下去，不能做时，他就抓举院子里的杠铃消火。他几乎整天站在杠铃下面，反复收缩和拉伸的肱二头肌和肱三头肌的纹理上有了伤口，伤口恢复后变得更加健壮，他精壮的身体上，肌肉鲜活可见。身体比世界上的任何东西，都诚实地反映着自己的欲求不满，并在那伤口上留下美丽的肌肉纹理。父亲坐在挂着铁杠铃的长椅上，低头看着自己满是肌肉的身体，如果自己所犯下的罪、失误和债都消失的话，留下的会是这么精壮、正直的身体吗？他摇摇头，那是不可能的。如果那样，必须消失的，还有自己今后所犯的罪、失误和债，因而说生活，终究是无可奈何的。

退伍后，父亲成了电话局的职员，干的是扯电话线的技术活。讽刺的是，他能得到这个工作，是因为在部队里学到的技术。去部队前，他没有学历、技术或者财产，也没有一无所有的人应当具备的要强、韧性或者无来由的乐观主义。假如他没有去军队，不管以什么方式，毋庸置疑的是，他永远不会有"做人"的机会。

他主要在夜间作业，深更半夜在地下安装电话线，绝对不是件容易的事，爬在像乱麻一样缠绕着的各种电线、排水管和通信线的地道里，被恶臭、腐水、肥胖的老鼠和虫子包围着作业时，他真的无法思考。那时候他的身体里，所有的思想都逃逸了出去，如同幽灵一般。

可是自己的人生，到底是怎么会变成这样的呢？他在二十岁时，就已经是兵役逃避者，所以早在很久以前，他就是不愿欠世间任何债的多梦少年，如果说父亲有梦想的话，那就是他最灿烂的梦想。他没有什么想要的，也没有什么不想要的，就拿成为他妻子的女人来说，他想事情既然这样了，好吧，那也不是他恳切希冀的，可是不知不觉间，所有事情都变成了这个样子。他每天晚上爬行在昏暗的地道里，觉得无法理解，他咕哝着"无法理解"，用思想逃逸出的身体的本能。

幸运的是，调动的机会降临到他身上，他被调任为电力公司的线路工，这次不是在地下，而是在空中作业。虽然只要不是在地下，其他哪里都行，但这次未免太高了点。他吊在野外山顶溪谷间的电线上，扒下裤子拉屎、吃饭、发脾气。那个工作也很苦，可是他喜欢往上走，喜欢从上面往下看。有风吹来，高压线摇晃着，他的身体也在空中摇摆，如果这时候拉屎，屎也会摇摇晃晃地往下掉，从上面俯瞰的世界很美，在那里他忘掉了不安和恐惧。可是这样平和的日子，没有持续太久，他爬电线杆时掉了下来，摔伤了腿，倒不妨碍日常生活，公司建议调成内勤岗，替代了事故赔偿金。在之后的二十几年里，直到妻子去世，他都在电力公司营业厅里，穿着衬衫、打着领带上班。

坠落是他家的一种病，母亲从钓鱼场的丁坝上摔下来，虽然说很突然，却也不能说是意外。和在生命的决定性瞬间坠落的父亲不同，母亲动不动就从什么地方掉下来，爬山时从石头上掉下来，从邻居施工的房顶上掉下来，在没有护栏的地方，不论哪里都会掉下来。所幸的是，这座城市没有栏杆的危险地方并不多。母亲经常从什么地方坠落，肯定是她的平衡感有问题，事实上她的脑子分明有什么问题，她动不动就会昏厥，短的时候两三分钟，长的时候二三十分钟。这种症状刚开始出现时，总是在无法预测的情况下，比如说正走着路，正用煤气煎着鱼，脸盆里接水正在洗头，她都会突然昏厥。母亲也曾置身于致命的危险境地，然而幸运的是，每次危险的瞬间都有神灵帮助，化险为夷。随着这种症状的持续，母亲也渐渐地习以为常，她甚至可以预感到几分钟后，这种症状就会出现在自己身上，于是停下手里的活计，到椅子上坐下，将手并拢在膝盖上面，等待着这一时刻的到来。就像慢性哮喘病患者在等待着猛烈咳嗽的瞬间过去一样，她期盼自己的顽疾这次也能顺利地过去。

"是从那时候开始的。"父亲说。也就是说，是从母亲想害他的那一瞬间开始，母亲为了忘记她不想记住的东西，拼尽了所有的力气。记忆的反抗，是如此强烈，全身都像散了架一般。在那残酷的记忆和记忆斗争里，也许身体避让的方法，只有"释放（Relax）"，于是母亲动不动就从什么地方跌落，动不动就必须陷入停滞状态。身体在远处，看着记忆和记忆的争斗。可是清醒过来时，感到被挨打似的疼痛的，不是记忆而是身体。

很自然的是，母亲生平没有上过班，可是母亲做菜的手艺不错，衣服洗得很干净，家里的花坛也打理得很好。就像父亲发疯一般喜欢钓鱼一样，母亲着迷于打理花坛。四季美丽的花，盛开在巴掌大的花坛里，那巴掌大的花坛里，埋着各种尸体：家里死去的所有一切，昆虫和流浪猫，还有父亲在钓鱼场钓的鱼。对母亲的精神问题常常感到不安的父亲，几乎从未因此对母亲大声吼叫或者发过火，却总是对母亲在花坛里埋东西发脾气。父亲如同疯了似的发火，有时候还离家出走，好几天不回来。即便如此，他也不会拿着铁锹，把埋在花坛里的流浪猫给挖出来，花儿开得更加艳丽，父亲只好忘记花下面埋着的流浪猫或者昆虫和鱼。

母亲去世后，父亲迅速地生病老去，全身潜伏的病患，好像在等着这一刻似的，一下子都涌了出来，父亲同时患上了糖尿病、心脏病和高血压，全身长疮流脓。如果母亲还活着，父亲应该不会这么快就老去；即使父亲变成那样，母亲也会好好照顾父亲的，可是母亲去世了，只剩下父亲独自一人。父亲整天坐在唯一的一把椅子上，如果谁都不动他，连续几天他都会坐在那里，曾经运动练就的身体垮了下来，失去了弹力，像泄气的足球一样耷拉下来的腹部，垂到了大腿上面。作为留在父亲身边的唯一的儿子，他每次总是把父亲背到房间，再把父亲放在椅子上，仅此而已。除此之外，他还能做什么呢？

过了好几年房子都没有卖出去，父亲死命盯着的大门旁的花坛，花全都死光了，现在被垃圾覆盖着；扔掉家什的房子里空荡荡的，都是灰尘和昆虫。父亲很少开口，偶尔开口总是说："一切都是从那时候开始的。"尽管他知道父亲一直在想一件事，但他实在无从得知他这连续几年的想法是什么。或许对于父亲而言，他也有需要向谁请求宽恕的事？就算是这样，他想那也不是请求别人原谅。父亲的一生很累，忍受着自己并不想要的生活，这点很伟大，因此如果父亲要请求宽恕的话，那也许是对默默忍受着这样生活的生命请求宽恕；父亲同样也必须要向生命的尊严请求宽恕，如果它真实存在的话。生病的肉体抛弃了生命，只留下了呼吸。只留有呼吸的肉体，是腐烂的印记，充满了令人作呕的气味，充斥着脓包和脓水，在衣服下骇人的肉体里，他不相信思想可以单独不腐烂。于是，让他无法忍受的，不是父亲变味的身体，而是身体里同样流着脓水、散发着臭味的思想，他真的希望父亲可以最终停止思想。

他长长地呼出一口气，他想父亲对他吐露母亲的秘密，也许是为了暗示什么。当妈的可以杀死自己的孩子，那么孩子也可以杀死自己的爹？不要害怕，理由只是"不安"，世间没有不可饶恕的"不安"……

他把父亲背在背上，父亲的上衣被口水打湿，潮乎乎的。他把父亲移到房间里，让他平躺在褥子上，打开衣橱取出了毯子。父亲静静地闭上了眼睛，他把毯子拉到父亲的下巴下面，为了不透风还好好地掖了掖。那时父亲重新睁开眼，迎上他的目光，眼里好像有什么话要说。他耐心地等着父亲说话，父亲的嘴唇开启，微弱的声音透了出来：

"一切都是从那时候开始的。"

不是有意义的话。他提起毯子，这次他蒙住了父亲的眼睛，毯子随着呼吸起伏。他把手悄悄地放在毯子上面，然后开始用力，毯子下传来了父亲的声音：

"反正都是这样，如果没有出生，岂不是更好？"

平生和"话"隔墙而居的这位仁兄，直到最后的瞬间，才打算吐出所有的话吗？终于他喘着粗气，从毯子上面对准父亲的脸庞压下去。毯子里的身体开始剧烈地摇晃，他在毯子上面，骑坐在摇晃的身体上，身体的上半部分动不了，取而代之的是腿开始猛烈地晃动。他骑坐在那身体上，一只手压在脸部，另一只手摁在腿上。他汗如雨下，滴到毯子上，不知道是谁的粗重喘息声，火热起来又迅速地冷下去。毯子里剧烈晃动的身体，逐渐地平静下来，最后完全止住了，尚未平静的，只有他急促的呼吸，在尘土飞扬的房间里，打破着静谧。

四下里一片安静，他的脸上全是汗。现在一切都结束了吗？从"那时候"开始的所有一切……可是"那时候"到底是什么时候呢？是母亲想要杀死他的那时候？还是父亲必须要去军队的那时候？要不然就是母亲怀上不想要的崽子的那时候？细细想来，可以称作"那时候"的时候，可以是生命的所有瞬间，某年某天吃饭的时候，走路的时候……出生后第一次哭的时候，知道悲伤和孤独的时候，因为恐惧而握紧小拳头的时候……无端的，他的眼里也流出了泪水。父亲在哪个瞬间因为无法忍受的恐惧而瑟瑟发抖，因为无法忍受的绝望而放声大哭的呢？又是在哪个瞬间，无法忍受喜悦和幸福的呢？他一只手擦着眼泪，另一只手抚上现在一动也不动的毯子。毯子还完好保留着生命中最激烈的战斗过后的温度。他小心地把那温热的毯子拉下来，不是想来个告别，而是觉得有什么地方不对。他往毯子里面看时，脸一下子僵住了，急促的呼吸就像打嗝一样地止住了，因为毯子里面是婴儿的尸体，那是男婴，和他的脸惊人得相似。

他不由得扑通一下，一屁股坐到了地上。门外传来叽叽喳喳的声音，他完全失神地转过头，看到父亲从椅子上站起来，父亲慢慢地走着，走向餐桌，过了一会儿，戴着厨房手套的手把大酱汤放到坐在餐椅上的父亲面前。那双手是母亲的手，母亲把厨房手套摘下来，放在餐桌一边，往上拢了拢散落在额上的头发。孩子们"哇"地跑过来，用手抓起了餐桌上放着的鸡蛋饼，母亲的手打着他们的手背，双胞胎的手背……还有小女孩的手背，他并不存在。

时间仿佛过了一个世纪那么久，他坐在唯一的椅子上，母亲生前坐过、母亲去世后变成父亲了的椅子上。回头想想，无论在母亲生前还是死后，他一次都没有坐过那把椅子。为什么会这样？因为其实他不是活着的人，而只是灵魂吗？他自己都哭笑不得。他陷入了幻想，忘记了自己的存在。坐在母亲或是父亲的椅子上，他应该想这期间自己是如何活着的呢，还是该想自己是如何死去的呢？他感到了混乱，是以他人的记忆活着好呢，还是以自己的记忆死去消失好呢？是活着杀死父亲好呢，还是死去被母亲杀死好呢？哪个选择都不称心，他不想杀人，也不想被人杀，他只想好好地出生，和父亲曾经梦想的那样，过着不欠别人债也不被别人欠债的那样不可能的理想生活。

即便如此，死亡也不冤屈，他没有痛苦地死去，被埋在了花下面，把怀揣着不可能实现愿望的罪过，留给了父亲和母亲。他想起了某一天的母亲，在花坛的大丽菊前哭泣，被绝望、孤独和恐惧笼罩着的二十几岁的女人，尖声哭泣。那个时间，父亲在部队的练兵场上跑着，十圈，二十圈，超强的肺活量没有使他倒下，父亲很想倒下，可是没有。

那时候他在哪里，他的记忆又是谁的呢？"有什么关系呢!"他想这么想，只是梦太长了而已。父亲依然梦想着成为鱼；双胞胎哥哥们梦想着去美国，忘记了韩语；母亲梦想着浇灌出更美丽的大丽菊，所以就算他只是梦中的存在，那也不是别人的梦，只要是他自己梦中的存在，就不会给世界存在主义的荒诞带来任何负面影响。

他不想失去某天的温馨记忆，虽然不知道它是谁的，但他相信它是自己的，这是很久以前，他们一家去郊游前的情景：双胞胎哥哥们戴着同样的领结，故作斯文地坐着，因为母亲答应他们，如果他们不调皮捣蛋，就能得到两块糖；母亲把五层的餐盒里满满当当地装上了紫菜包饭、各种煎肉饼、蔬菜和水果；需要抱着、背着、牵着的孩子太多，父亲只好放弃钓竿，怀里抱着戴着围嘴、一个劲儿流口水的婴儿，婴儿间或猛烈地咳嗽，好像有慢性肺炎，父亲给婴儿的小脖子围上围巾，婴儿看着父亲咧开嘴笑了，那甜甜的微笑，融化了父亲的心。父亲突然间觉得很幸福，日子就这么过下去，如果我们能就这么过下去的话，无论牺牲什么都在所不惜。装好紫菜包饭的母亲，似乎有点腰疼，坐在她的椅子上休息了一会儿。母亲坐在椅子上，看着檐下的风景，虽然觉得心里有点空，却不知道消失的那个是什么。母亲有时候会发呆，为的是回想自己丢失的是什么，那好像十分重要，追究起来又好像什么都不是。

一个灿烂的午后

　　萍淑和升旭出生在端午，和父母的祝福"你们出生在一年中最美的日子"不同，邻居老奶奶说，节日里出生的孩子八字硬，还说在节日里出生，再加上白天出生的属鸡的，一辈子捡拾散落在院子里的食物吃，是劳碌命。升旭觉得那些话，是自己人生中最初的阴影；萍淑却认为那些话，是对自己非凡命运的启示。两人虽是龙凤胎，却几乎在他们身上看不到相同的地方：提前三分钟出生的升旭，和贫穷家庭的长子一样，温顺而内向；萍淑却不同，她什么都不肯让步，极其固执。家里条件不好，其实没有什么可争的东西，可是作为老二的萍淑，还是被要求让步，而萍淑的固执，是她对外斗争的武器。即使这样，她能占有的，充其量是郊游那天盒饭里不带"尾巴"的紫菜包饭而已，而升旭更喜欢紫菜包饭的"尾巴"，由此可知，她的固执是用在了多么没有价值的地方。对每学期只买一册的参考书和自学书也是如此，萍淑率先在新参考书上划线，率先在新习题集上写上问题的答案，一夜之间参考书被涂满了下划线、习题集全都被解出了答案，宣告着自己的领域，尽管这绝对不是件容易的事，但萍淑却做到了。其实萍淑不必那么心急，她不是不知道，哪怕一个学期将要过去，升旭也没有翻看参考书或者解习题集的想法，那只是她的领土本能在作祟。

很久以后，萍淑应该感谢自己是孪生，还有和升旭是孪生，那是因为升旭几乎不会刺激到她的领土本能。升旭身上基本没有她想要的东西，身为长子不是幸福而是不幸，身为男人也是如此。就算升旭那儿有萍淑能看上眼的东西，他也不会因为那个和萍淑发生争执，在他那里，基本上没有萍淑想要的，假使有的话，不管是什么，升旭都会给她。也许升旭最想给她的，是让他成为她的命中注定的什么，可以说是核心的什么东西。比如说如果能把自己的性器官移植给萍淑的话，他会那么做的；如果再给他一次机会，他会忍得更久，让性急的萍淑越过他，率先从母亲的子宫里冲出来。

可是升旭不知道的是，萍淑也是旧时代贫困人家的长女。萍淑很明白这个事实，因为蛮横和固执而被父亲或母亲抽打着后背时，她想自己迟早会如数还清从出生开始欠下的债，所以当父亲、母亲早早离世时，她有多么地手足无措，为何陷入深深的伤心中，没有人能完全理解。她过着相对成功的人生，年过四十时，被人说"过得很不错"。她想自己现在到了还债的时候，可本应该伸出手的人，却那么急匆匆地离开了她的身边。萍淑怀着悲伤和痛苦，相继送走了母亲、父亲后，那悲伤和痛苦的视线，转而望向了自己的兄长，和她有着不同的性器官的，有着小心谨慎面庞的龙凤胎兄长。跟萍淑不同，升旭过着算不上成功的生活，还不到五十岁，他的背已然微驼。然而，他就像早已预知自己人生的圣人一样，没有指责生活或者命运。她的孪生兄长夹在世界上众多循规蹈矩、无所作为的人们中，这让萍淑很悲伤，也很奋发。在母亲的子宫里，她用力地踹兄长屁股，把他先一步送到了这个他并不希望降生的世界上，现在她打算还债。

几个月前，开炸鸡店的升旭出去送外卖时和汽车追尾，萍淑接到通知赶到医院时，升旭看上去毫发未伤。在这之前，升旭也曾发生过类似的事故，在订单急速涌来的时段，骑着摩托车奔驰在黑暗的胡同里，这对于十几岁的叛逆少年来说，也是件危险的事情。升旭坐在床上，其他人或坐，或站，好像在说别人的故事一样，转述着事故发生时的状况，间或夹杂着笑声，至少当时谁都没有想到，升旭会住院那么久。事故当天还好端端的升旭，从次日开始喊腰疼，逐渐痛得连坐都坐不起来，升旭再次被推进了手术室，医生说是腰椎受损严重，断掉的骨头要植入钢钉，还有缝合的手术部位要重新打开。在那期间，保险公司的职员来病房来得比家属还勤，并不像电视广告里说的那样，保险公司"一切都主动"为您办好。

萍淑每月去一次升旭入住的医院或者嫂子琼善独自照看的炸鸡店。起初还作势要坐起来的升旭，后来连样子都懒得装了；同样，起初用头遍油炸过的鸡摆盘端出来的琼善，到后来把凉鸡腿和发蔫的空心菜，用还沾着番茄酱的碟子端了出来。萍淑在升旭的病房枕头下，还有琼善端出来的炸鸡盘子下，塞上装着钱的信封。

虽然不是每次都去，妹妹萍熙和萍淑一起，也没少去医院或者炸鸡店。萍熙是生育欲望强烈的母亲在闭经之前得到的孩子。母亲因生育龙凤胎而早已乏力的子宫，在升旭和萍淑出生之后、萍熙出生之前，历经了多次流产和死产。事实上萍熙的出生接近于奇迹，那样一心想要孩子的父亲和母亲，对这最小的孩子，却没有表现出特别的爱怜。萍熙出生时，是母亲和父亲最忙的时候，要一起准备双胞胎的学费、两身校服和两人份的课外辅导费并不容易。等到萍熙用钱时，双胞胎都已长大，会尽好当哥哥姐姐的责任，这个想法是他们幸福的慰藉。一从商校毕业就立即就业的升旭，拿到第一个月的工资后，做的第一件事，就是给萍熙买她喜欢吃的电烤鸡。他几乎每个月发工资那天，都会带着萍熙去烤鸡店，这样持续了一年之久，直到萍熙吃完烤鸡回来大吐特吐的那天为止。若干年后，升旭成了炸鸡店的老板，萍熙说每次看见他，还是不禁想起很久之前他总是买给她的电烤鸡。

那天萍熙和萍淑约好了在炸鸡店里见面，萍淑出发时磨蹭了一会儿，因此比萍熙晚到。琼善站在厨房里，放下正在收拾的鸡，"你来了啊"，点头打着招呼；而萍熙则坐在座位上，无动于衷地看着萍淑。上了年纪、不再是小姑娘的萍熙，依然单身，萍

43

熙不曾是谁的儿媳，不曾是谁的妻子，也不曾是谁的母亲。如果她曾经是谁的什么人，那只是他们年幼的妹妹。萍熙不知道的是，对于跟着倒霉的丈夫生活、怒火中烧的琼善来说，大姑子和小姑子并不特别招她待见。萍熙坐着接过琼善递过来的可乐，可乐杯里散发着浓浓的炸鸡味。

萍淑一进店门，便撸起袖子、戴上围裙。她原想提议出去吃午饭，可眼下琼善正在忙活，她没法装作视而不见。琼善仿佛就在等着她帮忙，说："那你帮我搬搬这个吧！"那是一个废油桶。在多次使用发黑变色的油里，面渣就像荷花池里的淤泥一样，琼善一打开废油桶的盖子，萍淑便"呕"的一下恶心涌了上来。在萍淑搬废油桶时，琼善调好了锅里新油的温度，好像要给她们做炸鸡吃。萍熙小时候吃伤了后，碰都不碰鸡肉一下，琼善却好像毫不知情似的热着油，那也是今天萍淑偏偏带着萍熙出现在炸鸡店的理由。琼善对生活以外的一切都漠不关心，最近对于自尊或者脸面也是一样。萍淑让琼善今天不要炸鸡去外面吃时，琼善就像专门等着似的摘掉了围裙，钱包都没拿。

萍淑开车拉着琼善和萍熙去医院，这次把升旭接了出来一起去排骨店。酒确实是个好东西，琼善喝着升旭给倒的烧酒话渐渐多起来，肆无忌惮地笑起来。"我和升旭哥那时候啊……"琼善笑得像要岔气似的说。升旭临出事前的某一天，琼善和升旭大吵了一架，起因好像是电视新闻里关于禽流感的报道。在店铺墙上高高悬挂的电视画面里，播出了鸡被活埋的场面，鸡扑棱着翅膀向上飞，处理人员用铁锨使劲把鸡拍下去掩埋掉。琼善没用遥控器，伸长胳膊换了个频道；升旭找到遥控器，把频道重新调回来；琼善跑过去伸长胳膊把电视给关了，升旭用遥控器打开电视，琼善再用手关掉，然后升旭再用遥控器打开。这时琼善突然放声大哭，说是没法活了，"我活不了了，这样没法活！我讨厌炸鸡味，也讨厌看见你！你身上也有炸鸡味，我讨厌待在你身边！反正我现在跟你过不下去了！"

"可还不是这么过着的嘛！"

琼善又笑得像要岔气似的，升旭斜靠墙坐着呵呵地笑，萍熙只是埋头夹着排骨吃，那是萍淑用剪刀剪成小块、推在她面前的。自斟自饮的琼善，突然喊道："我们去练歌房吧！"对于坐着吃饭都累的人，去哪门子的练歌房……萍淑忍住了噌的一下蹿上来的怒火，像今天这样的日子，去练歌房，也许也不是件坏事。

结婚时，萍淑的丈夫并不知道萍淑是龙凤胎。从小她就因为是龙凤胎而受到戏弄，每次升年级时，不是萍淑班的同学跑去看升旭，就是升旭班的同学跑来看萍淑，继而放声大笑。当有了想结婚的人时，萍淑觉得没有理由告诉对方自己是双胞胎，她第一次叫升旭哥哥，是丈夫去她家拜见家长时。直到婚后多年，萍淑的丈夫才知道升旭不是大萍淑一岁以上的哥哥，而是孪生哥哥，当萍淑的丈夫用气结的表情望着她时，萍淑揣着明白装糊涂说："不是我的责任，那不在我的记忆里，我不记得叫他来过我家。虽然我出生得晚，可我是先发育的，所以那俨然就是我的家，是那家伙偷偷溜进来的。"

然而，其实不是没有记忆，在她成长的所有瞬间，她都记着她的兄长，这种记忆甚至追溯到在子宫里时。记忆不是刻意的，只是保存了下来。虽然无法表述，但萍淑在自己开始存在的瞬间，就知道还有一个人存在，在感受着同样的痛苦，还知道这痛苦将伴随着他们一生。如果哪天自己非常痛苦，她相信升旭也在承受着同样的痛苦，最坚定地相信双胞胎感应的，就是双胞胎自己。话虽是这么说，但在升旭各种不走运时，萍淑压根没有感到倒霉，升旭在部队瞒着家人做盲肠手术时，萍淑连被铅笔刀割伤那样的疼痛都不知道。

"哪有这样的双胞胎！"

升旭出车祸时，最先得到消息的萍淑丈夫，在去医院的车上开玩笑似的这么说。萍淑很想用手在大腿上掐块淤青出来，不知道为何会有这种想法。她不敢去想没有了升旭和萍熙的自己，他们和丈夫、子女不同，爱情的深度和盲目性，还有面对子女时的感情，那些都无法与兄妹之情相比，没有可比性也就没有比较的价值，那是子宫的问题，说起来是"存在"的问题，而且那也许说明她正在老去。

到练歌房后，琼善的兴致很高，萍淑和萍熙把升旭安置在最舒服的椅子上，然后并排坐下。可是对面坐着的琼善一拿起麦克风，萍熙就立即换了座位，不管对方是谁，萍熙习惯性地与之保持距离，就连必须并排坐到沙发上时，萍熙也坐在最边上。如果萍淑故意走到坐在最末端的萍熙旁坐下，萍熙不是挪到地上坐，就是悄悄地起身，换到其他位置去。尽管萍淑知道，萍熙的这种举动不是针对自己，但每当这时萍淑还是会伤心。

在琼善唱歌、萍熙翻着歌本时，萍淑把手垂到了地上，一个劲儿地揉脚。疲劳都集中到了脚上，这是什么毛病？别说站着时，就连坐在沙发上或者躺在床上时，脚也疼得无法忍受。有时候萍淑夜里突然醒来，必须重新穿上脱下的袜子，才能继续入睡，这样的日子，无一例外地会做噩梦，脚像陷在淤泥或者沙滩里，身体如同僵硬的木头桩子一般。医生诊断说这是压力大而导致的，必须减压，这是没必要非到医院来听的诊断结果。

压力在哪里？好好地和兄妹们一起吃饭、唱歌，也不能说这不是压力，那不仅仅是因为处境艰难的升旭，也是因为萍熙，萍熙逐渐和所有的一切——无法用语言表达的所有一切，变得生疏。没有事故、没有困难，只是独自老去的萍熙，谁能说比升旭和琼善的生活要好呢？

每当萍淑提着泡菜和腌萝卜之类去萍熙家时，身为辅导班讲师、只在夜里工作的萍熙，大白天也总是在睡觉，她那不分时间入睡的、十几坪①的单间里，出奇地脏乱和昏暗。手脚触及的，全都是旧书和复印纸，电脑似乎全天候地开着。萍淑仿佛重新入

---

① 1 坪 ≈ 3.3 平方米。

住一般地打扫房子时，处于待机状态的电脑屏幕上，鱼儿在不停歇地、没有尽头地、非常缓慢地游动着。萍熙的生活，是否也和那鱼儿一样？

有一次，萍淑在萍熙书桌旁的垃圾桶里，发现了避孕套。那样的东西，不在床边而是在桌子旁的垃圾桶里，是什么原因呢？在萍淑发愣地看着垃圾桶时，黑色显示屏里被困住的鱼，还是以非常缓慢的速度游动着，那鱼儿要游多久，才能到显示屏外面呢？萍淑觉得这么想的自己很奇怪。

就在几年前，萍淑还在想，萍熙不会那么独自生活一辈子，就算有过那样的想法，也没有觉得那有什么好担心的。萍淑经常后悔自己结婚太早，过早地被生活所累。丈夫是比她条件好很多的男人，遇到他时，她觉得自己所有的感觉，就像钓竿上的鱼漂一样，朝着他移动。虽然鱼漂浮在水面上，欲望却在水面下猛烈地喘息，那是她的机会，可以过完全不同于以前生活的机会，只有她独自存活的机会，就像是收到了午夜过后都不会收回的宴会请帖之类，是把那一切都集拢起来的机会。并不是她丈夫有多么地厉害，而是因为她自己是那么寒酸，身为贫穷家庭的女儿，成长期间得到一份儿都不够，可她从出生到那时，却总是只有半份儿。

婚后最让萍淑吃惊的是，如此伟大选择的婚姻，却是旧态依然，育儿问题、婆媳关系、由于一再增加的公寓面积而势必拮据的家庭账簿……还有之后丈夫悄悄混过去的外遇问题和自己过早的绝经等等这些。幸好只有儿子，如果有女儿，说不定萍淑会焦虑，怕女儿会像自己一样匆忙结婚。对子女都这样，更何况是妹妹呢！很久以前萍熙恋爱失败时，还有后来看到她不再尝试那样决定性的恋爱时，萍淑都没有担心，萍熙仿佛一辈子都不会老，不管什么时候，都只是她的小妹妹，可是现在萍淑不得不担心萍熙老去的时光。不管怎样，萍淑唯一的妹妹没有丈夫、没有孩子，在狭窄的十几坪单间里独自老去，想到这里她的胸口总是闷闷的，像被砂纸打磨过一样，那是想起升旭或琼善时，都不会有的感觉。

有几次萍淑问萍熙，今后要怎么过，尽管问题有些尴尬，可作为姐姐，也不能装作不知道。每当这时，萍熙就会用非常陌生的眼神看着萍淑，仿佛在问"这和姐姐有什么关系"，仿佛在看和自己没有任何关系的陌生人。那眼神里的疏离感，让萍淑的心哐当一下沉了下去。

萍熙曾对萍淑讲过鲸鱼的故事：在某个国家的某处海滩，一条鲸鱼搁浅死了，为了处理它的尸体，人们在鲸鱼身体里放置了炸药。也是，找个大得能埋鲸鱼的地方，也许不是件容易的事；把死去的鲸鱼送回大海，应该也不是件正确的事。总之那个国家的人决定炸掉鲸鱼，人们为了看这一景象，坐汽车、坐火车聚集到了海边。可是爆破的瞬间发生了意外，随着"砰"的一声巨响，虽然鲸鱼被炸开了，可是那大量的碎片没有溅到海里，而是溅到了城市这边。从鲸鱼尸体里迸出的血块和碎片，不仅落到围观者的阳伞上，还落到城市的行道树上、汽车上、房顶上，还有流过城市中心的江水里。等到混乱稍作平息后，一看鲸鱼，仍然剩下一半的尸体。

"姐姐，我只是啊，远远地活着就很满足了，没必要打着阳伞跑到那遥远的海边，被鲸鱼渣子淋一身。"

萍淑无法理解萍熙的话，不是不同意，而是理解不了。那么萍熙是说，升旭或者萍淑的人生，只不过是被死去的鲸鱼渣子淋到玷污了的、比鲸鱼还没有用处的垃圾吗？还是萍熙这样说只不过是摆摆样子？

唱完一首歌的琼善，贴着麦克风连声地叫着萍淑，在沙发上坐着几乎睡着了的升旭，抬起沉重的手臂鼓掌。萍淑一到前面去，琼善就走向升旭扑倒在他身上，对腰部受伤的人，居然那么做……萍淑知道，琼善有时把病房的升旭叫到店里，使唤他干活。腾然升起的愤怒，被琼善的哭声止住，琼善叠趴在生病的丈夫胸口，"那混蛋的鸡，那混蛋的鸡"，开始喊着前言不搭后语的话，仔细听来，好像在说和升旭大吵那天，在电视里看见的那些鸡，"那混蛋的鸡，名义上也是鸟，飞也飞不走，那混蛋的鸡，扑棱棱扑棱棱的，那也有翅膀，那翅膀被锹刃折了，那混蛋的鸡……翅膀折了……"。琼善的话听不见了，因为萍熙代替萍淑，率先开始唱起来，歌曲的旋律意外地轻快明朗，不管琼善是不是在哭，萍熙都没有表情地唱着。

在同一个子宫里筑窝的，是萍淑和升旭，可仿佛同一个模子里刻出来的，却是萍熙和升旭。相隔十三年出生的小女孩，和自己那么像，升旭是什么感受呢？萍淑尽管记得关于升旭的一切，却没有和他感受过同样的东西，萍淑对于升旭的记忆，要么是争地盘，要么不是争地盘，只有这两种。她本能地对他紧张，握紧的拳头不会松开，也许升旭找不到疼爱自己孪生妹妹的方法。

可是比自己晚十三年出生的萍熙不同，她和升旭长得很像，话也出奇地少，比起向外部释放的，对内部隐忍的情绪更多，萍淑经常发现他们不自觉地看向同一处地方。很久以前，他们曾在机场附近住过一段时间，一个远房的房地产亲戚，盖了房子没有卖出去，临时留他们住在那里。当时还没上小学的萍熙，立刻迷上了这座能把飞机起落尽收眼底的房子。他们的家位于联排三层别墅最顶层，可以看见无垠的田野、远山、机场指挥塔和一天里几次起落的飞机。萍熙整天待在阳台上，出去也总是捡各种东西，从瓷碎片到生锈的易拉罐，遇到什么捡什么，她说这些东西是从飞机上掉下来的。那时候家里没人坐过飞机，想当然地认为机场附近会有飞机上掉下来的什么东西，就像铁路周边有鸡蛋壳或者易拉罐之类的垃圾一样，没有理由认为萍熙在说谎。可是萍熙说看见有人从飞机上掉下来时，问题就不一样了，按照萍熙的说法，从飞在高空的飞机上扑通一下掉下来个东西，一骨碌爬起来，叫着妈妈开始往前跑，那是个身体非常小的孩子。她说孩子太小，飞机飞得太快，从那时起直到现在，孩子还在不停地追赶着飞机。萍熙说了没人相信的话以后，从那晚开始做噩梦，每天

51

晚上尖叫着醒来，起来跑到阳台上，再次尖叫着喊："那孩子还在跑着！那孩子从我的梦里跑出来，现在还在那里跑着！"因为做噩梦的萍熙而睡不安稳的家人，跟着萍熙跑到阳台上，看向黑暗的田野。萍淑和她的母亲、父亲一样，什么都没有看到，可是升旭和萍熙看向同一个地方，升旭紧紧抓着萍熙的手，看向萍熙视线的方向。

他们就像一个身体里长出的老枝和嫩芽，当兵的升旭瞒着家人做盲肠手术时，也许感到腹部撕裂般疼痛的，不是萍淑而是萍熙。出生便是贫寒家庭的长子，并对此平和地接受的升旭，有过怎样的梦想？最了解的人也许是萍熙。就像她因升旭每个工资日买给她的电烤鸡而吃伤了、从此不再沾鸡肉一样，萍熙对升旭的梦想，肯定也产生了积食反应，也许萍熙早就知道，世间所有的梦想，都以辛苦的人生为代价。"那时从飞机上掉下来的，是不是哥哥呢？"这是升旭出车祸那天，萍熙在回家的车上说的话。转头瞥过去看时，萍熙的脸一如既往地没有表情，当知道萍淑从自己书桌旁的垃圾桶里发现了丢弃的避孕套时，萍熙就是这种表情。

"我是这么想的。"

忘了什么时候，萍淑对萍熙说过这样的话："如果我们都回到小时候，那样所有一切都能重新开始，如果给予这样的机会，我想成为什么呢？拥有怎样的生活呢？"萍熙一下子打断了萍淑的话："如果那样的话，姐姐会想自个儿出生的。"听到那话的瞬间，萍淑的胸口仿佛裂开了洞，很久以前的洞，打开了封印，鞭子一样的风嗖嗖地吹过。应该怎么说呢？自己有丈夫和两个儿子，有很大面积的公寓，还有为了养老准备的积蓄。她很明白自己拥有的东西有多么地多，那是她平生的一切，也是使平生继续走下去的倚仗。她有时候感激被赐予了这么多的东西，感激不确定的神。那时她感激的心，绝对不能说不是真心，可是同样地，"哕"地一下厌烦涌上来的心情，也不能说是夸张。孩子们没有从学校回来、丈夫也晚归的某个昏暗的傍晚，她在暗下来的客厅里，紧紧地握着两个拳头，陷入了莫可名状的恼怒之中，洞给恼怒披上了空虚的外衣，不再关上那盖子。那不是欲望的问题，萍淑自己这么想，她想那或许是更本质的、出生的问题。当然即使这样，又有什么不同呢？就像不是欲望的问题，那也不是变化的问题，那或许只是眼光的问题。

从练歌房出来时，外面依然是白天。不能把醉酒的琼善交给萍熙，于是把升旭托付给萍熙后，萍淑把琼善载上了车。背部微驼弯曲的升旭，和萍熙并肩走的景象，看上去就像灿烂阳光的背面。萍淑平息了一下呼吸，发动了汽车。原以为已醉得不省人事的琼善，端端正正地坐着，系好了安全带，"是去店里吧？"声音也很清醒。萍淑问她要不要紧时，琼善还笑出了声："前世有什么缘分，今世这么相遇的呢？"看来酒还没有完全醒。琼善的语气非常感性："那个人啊，你的龙凤胎哥哥，他是我认识的人当中，最善良的。"可是这话怎么听着像是在骂人呢？萍淑心里这么想着时，琼善接下去说："这不是骂人，虽说生活在'善良是罪'的世界里，可他如果不想被人找碴，就不得不善良，所以也是没有办法。也是没有办法。"升旭善良、萍淑彪悍，两个人的性格不是中和后各自一半，而是像奇数和偶数一样迥异。或许从一开始就是这样，萍淑拿走了她想要的后，剩下的才给升旭，那么说升旭没有办法是对的。可是对于萍淑来说，她也是一样的没办法，不想被人找碴的话，善良是活不下去的。不是谁都能想到，出身于贫穷家庭的龙凤胎妹妹，要得到属于自己的那份儿，是多么地艰难。

"我是这么想的，"萍淑踩着油门说，"如果我重新回到小时候，所有一切都重新开始的话，如果给我这样的机会，我……""你想当什么？"琼善问。萍淑笑了："我想好好地出生，我想重新回到子宫里，好好地出生。希望到了死去那天，可以这么说，我好好地来，又好好地走。"听了萍淑的话，琼善的脸色并不好看："你不是活得好好的吗？你还缺什么！"萍淑没有回答，拉过手提包，从里面取出了信封，"这次放得多一些"，本来想说"因为今天这样的日子，才是日子"，这话没有说出口，萍淑转移了话题："最近的生意也不好做。"她把信封放在琼善的膝盖上，琼善突然放声大哭，看来酒劲持续的时间很长。琼善用两只手捂着脸，反复地咕哝着"那个人也没有办法"，和在练歌房里喊"那些鸡、那些鸡"时一样的声音。

回家的路上，奥林匹克大道大白天的也堵车。萍淑把挡位放到空挡上，稍微放松一下踩着刹车的脚。旁边车道的汽车里，有个年轻的女子带着两个孩子，两个都是男孩，看上去跟当初萍淑的两个儿子一样，十分调皮。年轻的妈妈把着方向盘，转过身去打孩子，看上去着实危险。萍淑的脸上泛起了笑容，抚养着连年生的两个儿子，只有老天知道她年轻时的时光是如何疲倦。如果两个孩子打架，她就把一个孩子关在这边的房间，把另一个孩子关在那边的房间，她在这边和那边的房间之间来回跑，打完这个打那个。那疲倦、忙碌的时光，却充满了朴素的幸福，眨眼间，那时光就逝去了，在那眨眼间逝去的，不只有孩子们的幼年，还有她的流年也是如此。不，那是她的全部人生，再想回望的瞬间，已经成了非常遥远的过去。然而在生命或者生命中心凹陷的洞里，如果也有敬畏的东西，那不是中心，而是围绕着中心的所有琐碎的东西，就像同去郊游那天抢先占下的紫菜包饭，一买来参考书便在书的侧面抢先写上自己姓名的首个字母而被母亲抽打的记忆，还有住在机场附近时，跟随着萍熙的噩梦，每晚光脚出去眺望的阳台外的黑暗，如此之类。

回想起来，居住了几个月的金浦田野中孤立的联排别墅，也许是他们看得最远也是最高的地方。早稻绿油油成熟的原野，原野上高高翱翔的飞机，还有搭在阳台栏杆上他们三兄妹白皙的手背，至今依然历历在目。很久之后，萍淑有次从飞机上，看向他们可能生活过的田野中的某个地方。那时她也许看到了从飞机上掉下来的、一直在原野里奔跑的孩子，哦不，也许那是现已步入中年、背部微驼的人。小时候萍熙看到的那个孩子，也许是升旭，也许是萍淑自己，从那时候开始直到现在，萍淑不停地追赶着飞机，所以脚才这么疼吗？

车流开始松动，萍淑开了一会儿，转到了路边。脚依然疼得钻心，但她重新想起了更重要的事。萍淑停车拿出电话，打到升旭的病房，同病房的病友请她稍等的片刻，萍淑看着后视镜里映出的自己的脸庞，低声地说道：

"生日快乐！"

回想起来，她从未真心祝福过升旭或者自己生日快乐，年龄越大越是这样，现在连谁记着自己的生日，都觉得麻烦。可是在生命的某个节点，有那么一天真心地祝福自己生日快乐也不坏。她想从她的孪生兄长那里，听到那"生日快乐"的话。"喂。"升旭的声音传了过来，萍淑"喀喀"地咳了两下，因为接下来要说的，是这世上最难为情的话。"今天是端午，你知道吧?"在话说出口之前，脚掌的剧烈疼痛好像在减轻，也许在话出口之前，它已经独自得到了慰藉。

赵东玉，法比娜

寿宁翁主的墓志拓本图片，在中央博物馆图册的第 134 页。据记载称高丽 1335 年（忠肃王复位四年）所作的墓志图片，在用白皙、光滑材质的高级图纸装订的图册里，唯独显得黝黑而粗糙。图册说"高丽时代的墓志，将板石上写字的一面打磨平整后，在那上面阴刻志文较为典型"，那么高 86.5 厘米、宽 61 厘米的黑色志石是板石。她对石头不甚了解，板石的信息对她而言没有意义，她仔细端详的，是那黑色板石上面的疤痕。板石的保存状态不坏，仔细端详的话，在那鲜活的志文上，仿佛有风掠过的痕迹，呈对角线或宽或窄地划过；还有似乎被发出金属撞击声的尖锐的东西划过的疤痕，那也许是人为的。可是被风席卷过似的对角线纹理，看上去和风一样迅速、持久和强烈，地底下也刮风吗？还是风生成于地底下？墓志又被称为"墓志石或墓志铭，用于记录死者的姓名和经历等，指的是埋在坟墓旁的石刻或图板，还有上面刻的文字"，据图册说明，寿宁翁主的墓志，在地下埋了六百年以上。

缩小后的拓本图片不足一拃长，仔细看去有"大元高丽国故寿宁翁主金氏墓志铭"的字样，顺着风向下掠过的纹理，下一行、再下一行也能读出来，"金氏为贵族，盖起新罗之初，俗传金柜降之自天 取以为姓"，她能解读出墓志的内容。当她发现一个历史信息网站可以用韩语把用汉字书写的志文翻译出来时，她已经把墓志的汉字一个一个地找到，自己完全解读了出来，尽管发现有几处误译，但那误译并不损伤整体的意思。对于汉文实力浅薄的她来说，解读几百年前的文字并不容易，没有标点的志文，就像什么暗语一样，为了把它解读成文章，不仅需要推理能力，还需要想象力。然而她以无限的毅力逐字推敲，最终找到了她所需要的语句，"遒所钟爱，当其远送，忧懑成疾，自后时已时作，至元统三年，病殆药不效，越九月乙酉卒，年五十五"，即心爱的女儿远走后，寿宁翁主因忧虑、苦闷而生病，之后时好时坏，元统三年病情加重医治无效，于九月乙酉日辞世，享年五十五岁。

她的母亲在花甲前一年辞世，尽管母亲出身并不高贵，也没有养育很多子女，可是比寿宁翁主多活了几年。她和母亲分别十六年了，在这十六年里，她不知道母亲过得怎样，是不是离开心爱的女儿后，因为忧虑、苦闷而生病，之后时好时坏，最后与世长辞的呢？"母亲生前过得很幸福，闭眼时看上去也很平和。我们相信，她现在去了和这个世界不同的、舒适的地方。因此，我觉得应该把这个消息告诉您。"在通报母亲死亡消息的信里，写着母亲去世时很平和，她不知道所谓平和的死亡，到底是什么样的；如果去了"和这个世界不同的、舒适的地方"，那么母亲生前的世界，是不是和舒适相差很远，有着痛苦、烦恼、孤独或者疾病呢？她坐在铺满信纸的书桌前，好几个小时一动也不动。解读墓志文字的有些瞬间，就像浸在深水里，必须完全屏住呼吸，一个文字被解开，又一个文字被解开，最后所有的文字都解开了，那扇门却依然没有打开……信上的文字也是如此，她完全屏住了呼吸，在快要岔过气的痛苦里思索，母亲什么时候、在哪个瞬间幸福过呢？

她开始对埋在土里的东西感兴趣——只从时间上来说，是从和母亲分开之后。之后从女子高中直到上大学，她和父亲都住在城市外廓的独立住宅小区里，小区里到处都是只打着地基、没有建房子的空地。从补习班回来的路上，横穿空地时，她发现了半埋在土里的篦子，梳齿完好无损。她用那篦子划拨着泥土，就像发间细密的虱虮涌出来一样，春天细小的草根破土而出。不知道这把篦子哪里吸引了她，她把篦子带回去，放在书桌上。那年她的父亲在庭院里种柿子树，铁锹深深地铲入潮湿的泥土，一锹下去露出地下的泥土，就像煮熟掰开的土豆，冒着热气。在松散裂开的土地里，不仅有小石头，还埋着香烟头、一支圆珠笔芯，意外的是还有一个没了手柄的锤头。父亲把锤头扔得远远的，她立刻跑过去捡起来，又放到书桌上的篦子旁边。她上的是女子高中，就在山脚下，别人在学习微积分时，她独自跑到后山上挖土，她从泥土里挖出过撕碎的纸张或者气球碎片之类，还挖出过女人的内裤和卫生巾。那时如果问她梦想是什么，她会毫不犹豫地说想要一个世界上最大的铁锹，也就是挖土机之类，她想挖遍所有能挖的地方，挖了再挖，挖了还挖，看清楚里面所有的东西。

父亲对她的病，有着自己的理解。离婚还不到一年，她的母亲就把她推给父亲，去了娘家亲戚生活的巴西，母亲离家弃子的行为，显得那么坚决和绝情，即使已经离婚了，对于父亲来说，那仍然是伤痛。离婚时，按母亲的话讲，他是对家庭和孩子不管不问的坏父亲，可冷不丁地把女儿推给他的瞬间，父亲由于太过于惊慌和愤怒，以至于完全想不起来自己犯下的罪。直到女儿的书桌上堆满了各种被丢弃的东西时，他才发现了女儿不正常的执着。事实上，不能说他是坏父亲，他代替再婚的妻子，用手搓洗着女儿沾满泥巴的鞋子、袜子和裤脚。每天晚上黑褐色的泥水哗哗地流入浴室的下水口，挂在晾衣绳上的她的袜子，依然留有泥浆的印迹。

一天傍晚，从补习班回家的路上，她在空地里发现了埋着的红色塑料袋，只露出一个角。虽然天寒地冻的，可她轻轻一扯塑料袋的角，它就嗖地应声而起。袋子里装的是冻得硬邦邦的黏米糕。那天是高考的前一天，想到这是少言寡语的父亲费尽心思跟她开的玩笑以及送给她的礼物，她出声地笑了一会儿。

父亲是很努力的人，继母也是一样，跟叛逆相比，选择妥协的她，也是如此。家里的这种氛围也传到继母的肚子里去了吗？她同父异母的弟弟出生时，哭得太过于安静，使得产妇、医生和护士都吃了一惊。他哭得不知有多安静，好像不是在哭，而是在说着什么，正如继母所说，孩子温顺、伶俐，懂得察言观色。她俯身看向幼小的、同父异母的弟弟时，婴儿安安静静地哭着，仿佛在向她诉说："对不起，我现在只能这么说……"那样安静地诉说着……

不满足于一铁锹下去挖出来的只是沾着干泥巴的杂物，她对地下更深层的东西开始感兴趣可能是在大学毕业之后。当时她交往的男友，比她晚毕业，正在准备论文，他需要的论文资料中有墓志铭。男友给她看复印的拓本，跟她说："这个，是埋在坟墓旁的。"不知道是复印得不好，还是志石的状态不好，拓本看上去只是黝黑的痕迹，男友说那是百济人黑齿常之的，他也不是很清楚那拓本的内容。可是那时是什么诱惑了她呢？在土里，在坟墓里，还是因为非常遥远的、过去的名字——百济？在男友嗒嗒地敲着笔记本键盘写论文时，她蹲坐在书桌下面，只是端详着那拓本，它散发着潮湿、久远的泥土气息，铁锹之类无法铲出的、更深处的潮湿……男友啪地合上笔记本的瞬间，她听见了棺材盖合上的声音，明白了在潮湿、阴暗的地方，安静是多么完美。

虽然交往的时间不长，但在她认识的男子中，他是讲故事最多的人，并排躺在没有床的房间地板上时，男友总是喁喁低语：
"据说一个朝鲜的男子，以代笔科举考试为生，也就是以诈骗为
生，那是值得和尸体埋在一起永远纪念的荣耀吗？"男友所说的
朝鲜男子，是朝鲜正祖时期的书生卢兢，写那墓志铭的人是李家
焕，这些是她后来才知道的。并排躺在地板上听着过去的故事以
及墓志铭的内容时，比内容更吸引她的，是它埋在土里。"朴趾
源亲手书写自己姐姐的墓志铭，真的是催人泪下啊。姐姐死后，
她丈夫'生路渺茫，带着年幼的孩子和一个婢女，拉着锅碗瓢
盆、衣服箱子等进入峡谷，和灵车一起发丧……'①。虽说墓志铭
是为了纪念亡人，可朴趾源这样的人却知道，痛苦和悲伤是留给
活着的人的。"

"那个谁不知道啊，"她反驳道，"只是能说出来的人不多罢
了，活着的亲属太过于悲伤，连带着旁观的人，也被悲伤压住了
气息……没有成形的语言，只能随着亡人一起离去，或者被埋在
了里面而已。""还有这样的墓志铭，"男友接着说，"是德保洪大
容的墓志铭，你看看这段，很有意思。'起初西方人说地球是圆
的，可没说地球是转的。可是很久以前，德保就说过地球转一圈
就是一天'②。如果洪大容比伽利略早出生的话，不是很好吗？那
样即使他挨着棍杖、坐着老虎凳，也会说地球是转的。"

---

① 伯揆既丧其贤室，贫无以为生，挈其稚弱婢指十，鼎枪箱簏，浮江入峡，与丧
  俱发……
② 始泰西人论地球，而不言地转，德保尝论地一转为一日。

有时她也会缠着他讲故事，他总是皱着眉头，努力想没讲过的墓志铭故事。"啊，有了，有个给自己妻子写墓志铭的丈夫，内容嘛就那样，这个女人善良美丽、勤俭持家、孝敬公婆之类。可有意思的是，他在墓志上明明白白地写上了妻子的名字。女人的墓志上一般没有名字，都只说什么姓氏，可那个丈夫没有这么做，"说着他把身体转向了她所在的方向，把手放在依然端正地平躺着、看着天花板的她的额头上，说，"妻子的名字是琼爱……"直到很久之后，她才知道那是谁的墓志，那是朝鲜毅宗二年，礼部郎中崔娄伯的妻子廉氏的墓志。意外的是，死去女人的名字"琼爱"，跟她的名字相同。"妻子的名字是琼爱……"她重新想起了前男友的话，第一次觉得和他分手很悲痛，她没能想到的是，他曾经梦想着和自己结婚，哪怕只有一瞬间。

跟他分手后，在她的记忆里，只留下了他的手。他的手可真大，只用一只手，就能把她的脸全部覆盖起来。虽然不知道在恋爱里，那样的大手有什么用，但她确实被他的手给迷住了，一起躺着开始犯困时，她就把他的手盖在自己脸上入睡。在他的手下，黑暗厚重地压下来，她经常呼吸不畅，不知为何总觉得自己在接受惩罚，世间所有的一切，都聚拢到胸口上面，把她按向土地的更深处。这些都无所谓，如果更大的罪过，可以用这些小的惩罚来代赎，藏匿在世间所有人都明白的人类的罪行里，只有自己知道的理应遭天谴的罪过，可以就这样悄无声息地洗掉的话……和手大的男友在一起时，她觉得自己很安全。

寿宁翁主墓志的拓本复印件，在男友留下的行李里。说是行李，只不过是一个一次性刮胡刀、一把牙刷，还有复印纸而已。在复印纸里夹着的寿宁翁主墓志的末端，缀着一首诗："山壮其址，水美其渍，有吉者兆，有安者坟，孰藏孰祔……千载之下，尚考斯文……"这与其说是献给死去翁主的诗，不如说更像是献给坟墓的诗。千年流逝后的现在……那诗的最后一节，唤起了她心中泥土的气息。写诗的人没有说错，六百七十年过去了，有人在读着、听着还有说着那些曾经埋在土里的文字。

寿宁翁主出生于1281年（忠烈王八年），死于1335年（忠肃王复位四年），她的父亲是密直承旨，母亲是判大府监的女儿，十四岁时被许配给显王的第四个儿子、文宗同母异父的弟弟——平壤公的第十代子孙。虽说要向前追溯十一代，才是纯正的王室血统，但是王族的恩泽也不容小觑，翁主不到三十岁便已守寡，但因教子有方，虽然不是王室血脉，也被赐予了"翁主"的封号。据墓志记载，皇庆二年，忠肃王即位那天，翁主的长子淮安君，侍奉在国王的左右，因为没有违反礼制的行为，那恩泽惠及母亲，于是翁主被赐予了"寿宁"的封号。[1]墓志接着说，国王下令为翁主每月发放俸禄，视为长公主，这也是特别的恩典。[2] 这

---

[1] 皇庆二年，王始受封，即位之日，淮安君陪侍左右，礼无违者，覃恩及亲，于是锡寿宁之号。

[2] 继命趁月供支，视长翁主，亦特恩也。

64

特别的恩惠有多么的破格，墓志还补充了以下内容，说："金氏是大君的配偶，那称谓不应当和宗室的女儿相同，一定会有对此非议的人。"①

如果依照墓志的内容，毋庸置疑的是，身为女人，翁主得到了最高的荣誉，嫁入王族血统成为翁主，有三个当上大君的儿子和一个当上翁主的女儿，身为女人这不是幸福的人生吗？可是墓志关注的，不是一个女人幸福的人生，反而是悲伤和苦痛：

> 延祐至治间，有旨索王氏女，而女入其选，今适河南等处行中书省左丞室烈问，封靖安翁主……先此，东人子女被刮西去无虚年，虽王亲之贵不得匿，母子一离，杳无会期，痛入骨髓，至于感疾陨谢者，非止一二，天下孰有至冤过是哉？（延祐至治年间，皇帝下命索求王氏女，翁主的女儿被选中，被许配给河南等处行中书省左丞室烈问，封为靖安翁主……在这之前，朝鲜半岛的子女被选中送往元朝，一年都没有落下，和王室亲近的贵族家庭都不能幸免，母子一旦分离，相见遥遥无期，悲伤深入到骨髓里，生病去世的人，不止一两个，天下还有比这更冤痛的事情吗？）

痛入骨髓……她把手指放在那句话上，读了两三遍。痛入骨

---

① 士议金氏既媲大君，其称谓不宜与宗女同，其必有能辨之者。

髓，痛入骨髓……也就是说寿宁翁主，那个多福的女人，在女儿被抢去当贡女后，那悲痛深入到骨髓里，最终离开了人世。翁主生活的世界，就是那样的世界，国家被外敌践踏，女儿们被外敌抓着辫子拖走。在强权侵略面前，被侵略国的权利，被踩踏在脚下，弱小而卑微。就连日后成为恭愍王外祖父的洪奎也是如此，尽管他当时身居高位，都没能把女儿从贡女的名单上剔除，于是干脆剃掉了女儿的头发，让她做尼姑。从元朝来的王妃，原本就为了寻找品性更加优良的高丽女子而急红了眼，对洪奎的反抗更是大为震怒，敲碎了他的骨头，没收了他的财产，把他流放到了边远地区。值得注目的是，应有尽有的人，在一切都被夺走的瞬间，该是多么地吃惊和恐惧，洪奎是这样，寿宁翁主也是如此，女儿被夺走的瞬间，是生命和拥有的一切，更是自尊心的天塌地陷，于是出现了瘫倒在地的王室女人，那女人至死都没能再见到女儿。

和大手男友交往期间，不能总是听他讲故事，有时候，她也得说些什么。

"很久以前，我得过非常奇怪的病。"

论文写累了的男友，在她开始讲故事后不久，便发出了均匀的呼吸声。她的话飘向了不可触及的地方，独自发散开来：

"有一天肚子开始鼓起来，我那时候才十五岁，肚子一直鼓该多难看啊！不管怎么少吃，后来干脆不吃都不行，一天还要吐好几次，可是肚子继续鼓起来。这样下去的话会不会爆掉？我真是害怕啊！"

"是儿子，还是女儿？"

原以为睡着的男友，用憋住笑、故作认真的声音问道。

"不知道，直到现在我也纳闷呢。耶稣怎么生下来是男孩呢？孕育的是圣灵，怎么能有性别呢？怎么能长成男人俘获女人们的爱呢？"

"是儿子？"

"是圣灵。"

她生孩子是在十六岁那年，不是二十六岁，而是十六岁。她的初潮十四岁才来，第二年便怀上了孩子，再一年生下了打不掉的孩子，巧的是这些都发生在父母离婚前后，她的母亲不知道女儿的肚子鼓起来。她看拂自己生的孩子，也不过产后十天左右，十天后，她拖着产后还在出血、用厚厚的卫生巾堵着的下体，来到了父亲的家。"有什么事吗？"面对这么问的父亲，她没有说出圣灵的故事。

跟面对父亲时不同，日后她在和男人睡觉时，有时会讲圣灵的故事。男人们觉得她讲笑话的水平一般，但那也无所谓，故事的结尾总是狂热的性爱。跟研究埋在坟墓里东西的男友做爱时，男友像棺材盖一样压着她的身体，她做了自己被埋在土里、终于感到舒适的梦。在性爱的高潮，她还梦见自己成了墓志铭，用赤裸的身体和纯洁的呼吸，安静地诉说着的她的墓志铭。所有的生命都从土里来，再到土里去，怜悯、疼痛以及守护生命的所有高傲和虚假，都是如此。

母亲在跟她分开的十六年里，一次也没有联系过她，为此母亲在岁月流逝了很久之后，久到一切都无法挽回时，才让她知晓自己的离开。母亲的住址，如果用心也能找得到，但她没有那样做，在母亲死后寄来的信里，记叙着她已抹掉的母亲的十六年。记录着母亲生命点点滴滴的信件，就像墓志铭一样，她为了解读那些用葡萄牙语书写的信件，就像解读墓志一样，不，比那还要花费更多的时间和精力。收到信时，她一时气结，怎么能这么无礼，不会写韩语她也能理解，可是该死的，为什么不是英语而是葡萄牙语！写信的那个家伙，难道不知道她不能把这封信给任何人看吗？不过也许写信的人也是一样，无法请任何人代笔。在墓志铭般的信里，记录着母亲的名字——法比娜，那是她母亲在巴西使用的名字。

我知道母亲在很久以前，就思念着故土，尽管她一次都没有说过，但思念是母亲无法治愈的病。母亲坐在海边时，也背对着大海，直到现在我才明白，对她来说，巴西的大海，意味着离她的故土更为遥远。同样地，现在我也理解了有一年我生日那天晚上，母亲流下的泪水。也许我的出生，对母亲来说很悲伤，但是母亲很爱我。我想必须把这个告诉您，这也是我写这封信的原因。

写信的孩子十六岁，公历的年龄，跟她和母亲分开的年岁相同。对她来说，自己删掉的岁月，是那个孩子的全部。她觉得那孩子想要自己的回信，可是她怎么写回信？她一句葡萄牙语都不会。

她想起了记忆中最后一次见到的母亲的样子，和在巴西的海边、背海而坐的母亲逐渐重合起来。十七年前，和父亲分手后，母亲在房间里躺着或者坐着甚至吃饭时，都不想面朝着门，那是抛弃她们的父亲离去时的门，对于背叛自己的人，母亲连眼神都吝啬于给予。她记忆中的母亲，是手被针扎了眼眶都会红的女人；年轻时是有名的穷秀才、上了年纪也不过是底层公务员的父亲，从很早时候起，就在家外面浪荡，期间留下母亲独自和贫穷、屈辱抗争。对于身为乡村小学教师的女儿、一生梦想着成为钢琴家的母亲来说，有时候贫穷是无法忍受的屈辱，有时候屈辱是比贫穷更加难以忍受的痛苦。背着年幼的她、晚上去市场的母亲，曾经因为细微的差价跟海鲜店主吵架，块头很大、胳膊像大腿那么粗的店主，挥舞着海鲜刀、谩骂着不堪入耳的脏话时，母亲仍然高昂着下巴站在那里，那是母亲的斗争方式，战胜屈辱的唯一方法就是忍受它。尽管那家海鲜店，是市场里最便宜的店，但当时母亲的手里，只有能买一块冻明太鱼的钱，母亲依然可以无视和蔑视他。可是没有输给屈辱却输给贫穷的母亲，为了捡拾被店主扔在地上的冻明太鱼块，最终还是弯下了腰。她记忆中的母亲，是面不改色地弯腰捡拾地上冻明太鱼块的厚脸皮的女人，是在回家的路上，不管谁注目都绝对不低头的高傲的女人，也是喋喋不休地骂着只有趴在背上的她能听到的世界上所有脏话的、无比蛮横却柔弱的女人。

父亲从家里搬走后，母亲带着她回了家乡。在既不美妙也不幸福的旅程里，她几乎什么都不吃，或者一看到吃的，便开始呕吐，折腾着母亲。即使在自己的不幸压倒了人生中一切的瞬间，但母亲还是母亲，对当妈的来说，还有什么比忍受子女不吃东西更痛苦的事？她执意不肯去医院，母亲从药店抓来的药，也都被她吐了出来。母亲以为女儿不吃东西，只是对父母离婚的反抗，于是母亲夺过女儿的饭碗，倒在饭盆里，和自己的搅拌在一起，每顿都吃两人份。母亲再没有像那时候一样，为了更强大而要强，母亲也再没有像那时候一样，有那么柔弱的时候。晚上母亲独自出去喝酒，浑身散发着酒气回来对她说："哎，没有我的话你怎么活？没有我你也能过得很好吧？"卷着被子坐着的她就会顶嘴："这是一个当妈的该说的话吗？"当妈妈喝醉了沉沉地睡去时，女儿却从书包里拿出藏着的烧酒瓶，没有下酒菜，一个劲儿地猛灌。

母亲的故乡在庆州，父母去世得早，兄弟也都移民了，所谓的故乡，其实并没有什么亲人，能走动的堂叔和姑表家都去过了，再没有什么事可干。母女俩在剩下的时间里，走了很久去看王陵——王陵不在市中心，在外部轮廓不大的陵墓前，母女俩还一起合了影。用一次成像相机拍的相片，当模糊的影像显现出色彩和形体时，她指着自己和母亲身后的陵墓问道："这里面有什么?"母亲没有立即回答，像被针扎到手指似的红了眼眶。过了半天母亲才说："有死人的所有东西吧!""还有死人吗?""不，只除了死人，死人都回到了土里，剩下的都是土消化不了的东西。"

就像石头一类，过了千年也不会腐烂的东西……石头的记录。

寿宁翁主没能埋在王陵里，墓志却留了下来，它出土于京畿道的开城，直至日治时期，都被收藏于李王家博物馆，这是她的首个拓本复印件上记载的说明，然而现在墓志下落不明。它去了哪里? 碎成小块回到了土里吗? 还是在哪个好事者的仓库中，依然散发着久远的泥土气息，仍然缄默不语呢?

母亲在这里结过两次婚，一次是和开洗衣店的韩国人，还有一次是和经常来店里洗衣服的巴西人。母亲在洗衣店里干了一辈子，周围的人都说，没有人能比母亲洗衣服洗得更白了，她总是充满了活力、积极向上，虽然她也骂人，可几乎没有人因为她的脏话而感到不快。一天因为洗不掉的污点，火大的母亲在衣服上捅出了个洞，顾客不仅没有接到道歉，反而被骂了一顿，那个顾客就是母亲的第二任丈夫——卢西奥。尽管只是两年左右的短暂婚姻，但在他和母亲一起生活期间，从头到脚没穿过任何有污点的衣服。不能说母亲的两次婚姻都是成功的婚姻，但他们两位都参加了母亲的葬礼。葬礼上还有个小插曲，巴西丈夫哭得特别厉害，用韩语叫着母亲"狗杂女"，把巴西人都喊哭了，把韩国人的哭声都喊停了。我说这些是为了告诉您，我们谁都没有那样想过母亲。在葬礼之前，母亲的巴西丈夫卢西奥，不知道那单词的意思，母亲在吵架或者伤心时自不必说，就连心情非常好时，问她"你是谁"时，母亲也总是回答"我是狗杂女"。我不知道母亲为什么、不管对谁都要那么说自己，但可以说母亲的人生，是充满了玩笑的人生。这么说不知道是为了我，还是为了您，最后祝您的生活安心。

没有母亲的十六年，在她的十六年里，她和四五个男人睡过无数次的觉，和其中两个男人相爱，至少和一个男人差点儿结婚；她毕业于首尔的大学，读过研究生，在电视购物公司上过班；大学二年级时因患盲肠炎做过手术，毕业时喝醉酒摔倒了，左边眉心缝了八针；可是她没有堕过胎，她绝对不和不用安全套的男人上床。

还有另外的十六年，写信的孩子出生前的十六年，身为贫穷乡村不伦不类的钢琴教师及有着美丽双手的母亲和生平梦想着成为博士、眼界很高的父亲生下了她。在她的父亲放弃成为大学教授的梦想而去参加公务员考试之前，她的母亲必须独自承担着家务，所以她并没有得到忙碌母亲的过多照拂。她总是在钢琴的腿间爬来爬去，或者紧紧贴着钢琴凳，站着看母亲用戒尺抽打学生的手背。有时候母亲的惩戒，超出了训诫的程度，接近于暴力，第二次抽打落下时，感到恐惧的学生迅速地抽回手背，只留下戒尺猛烈敲打琴键的声音。每当这时，母亲就会咬着牙，从牙缝里骂着只有幼小的她听得懂的脏话："该死的，该死的，该死的……"在外祖父教书的乡村学校里，母亲曾是唯一会弹钢琴的学生，可是岁月把很久以前如此美丽、高傲的女子，用力蹂躏得不成样子，母亲有的地方熟了，有的地方酥软，有的地方变成了硬邦邦的疙瘩汤面团。结婚、生女儿、几次流产之后，母亲变得软弱、恼怒和顺从。

父亲离开母亲后，安慰充满屈辱的母亲的，竟不是留给她的唯一的女儿。那时候她知道母亲需要安慰，也知道自己的存在对母亲不是安慰。每晚母亲都会去外面喝酒，从倒酒的男人那里，从嗒嗒地像敲击键盘一样拍打着她那弹钢琴手的陌生的手指那里，得到慰藉。她从母亲的身上，闻到了夹杂着烧酒味的陌生男人的精液味，那也是十五岁的她身上散发过的陌生男人的精液味。她想对醉酒沉睡的母亲说："妈妈，现在妈妈的肚子是不是也要马上鼓起来？那么妈妈，不要去丁字路口的那家妇产科，那医生不认为十五岁少女身体里的东西，是世界上非常丑陋的疤痕，同样也不会认为离婚不到三个月的女人身体里的东西是疤痕。我来抚养妈妈的孩子，我保证，只要妈妈把我肚子里的东西清理掉，放在我永远看不到的地方，我从现在开始做个乖孩子，我发誓！"

那用尽一生都没说完的话，变成墓志留下痕迹，那不是刻在石头上的文字，是留在那埋着石头的土里的呼吸。临死都没说完，所以才悲痛吗？亲自口述儿子的墓志铭、留下墓志的朝鲜英祖，对囚在柜子里死去的儿子，留下了这样没有说完的话：

"何心使七十其父遭此境乎？"

大手男友给她读这个墓志铭时，她想到了自己的爸爸吗？那个每天晚上蹲在浴室的下水口前，搓洗她满是泥浆的袜子的父亲？还是想到了离她而去的母亲？"忘了吧，不是什么事儿，"母亲这么对她说，"过一天后，就没什么好忘的了，因为什么事都没有发生过。"又过了一天，母亲反问她："发生过什么事吗？"取出女儿肚子里孩子的人，是母亲。对女儿的事浑然不觉、总是带着满身酒气晚归的母亲，对女儿肚子里长到快足月的生命，发现得太迟。十六岁的女儿因为产痛尖叫时，当妈的一把捂住女儿的嘴，咬牙切齿地悄声叫她不要出声："别人会听见的，别人在听着！"正午分娩的痛苦，不是源自下体撕裂般的疼痛，而是家里震天响的收音机声音，还有那怪音里夹杂着的母亲咬牙切齿的声音："安静点，不是什么事儿，所以悄悄地！"

母亲没有当场扔掉那红彤彤、生命的肉团。生命就像肮脏的污水，附着着血和呼吸的东西，只是琐碎的垃圾或渣滓，最殷切地希望这样的人，也许不是她而是母亲。在那几天里，自恃清高却爱骂人的母亲，一反常态地没有说一句脏话。只是不管白天还是深夜，母亲总是突然坐起来，奔向孩子哭声传出的房间，可是到了被遗弃的婴儿面前，母亲塞入的不是女儿鼓胀的乳头，而是自己干瘪的乳头，"不是什么事儿……"母亲让它吮着空空的乳头咕哝着，"真的，什么事都没有。"

给她讲圣灵故事的，也是母亲。

"你知道吗？世界上最伟大的母亲，是圣母马利亚。"母亲把手放在她的额头上说。

她那生下人类的孩子、不再伟大的母亲，那天晚上一直把手放在她的额头上，像念经一样絮叨着，她出生那天的喜悦，红彤彤、皱巴巴的脸上映出的纯真光彩，仿佛钟声般响亮的首次啼哭，还有第一次翻身、第一次走路、第一次会叫妈妈时……

"人生洋溢着幸福，因为你而得到的喜悦，比我后来人生里所得的背叛和伤痛总和的十倍还要多。从你身上得到的喜悦，我是无论如何都偿还不了的，你是那么漂亮，那么可爱，我有多么地高兴……"

"你要抛弃我吗？"她记不起来自己是否这样问过母亲，也记不起来是否问过"我肚子里出来的圣灵，你打算怎么处理"，她只是相信世上所有的母亲，都应当是救赎子女的存在。那期间母亲的眼睛，从早到晚都是红红的，就像被世界上最尖锐的针扎过全身一般。

写信的孩子好奇她的十六年是怎样的呢？她从韩国女子高中

毕业后进入大学，谈恋爱、夏天吃冷面、冬天吃烤地瓜、看电影、买衣服，也去跳舞。如果没什么特别的事，她会结婚生子，对孩子说我爱你。岁月比她预想的还要无耻。有一天她在看一档电视节目，关于寻找失散多年的亲生父母。亲妈哭，被抛弃的孩子也哭，甚至主持人都在哗哗地流眼泪。她想这种节目自己怎么能看得下去？怎么能当做世界上什么都没发生过呢？春天是如何逝去的，夏天是如何到来的，秋天和冬天又是怎么度过的呢？

在过去的十六年里，她绝对没有哭，却不停地做噩梦。每次做梦，都会看到母亲的后背，不管怎么跑都追不上的母亲，在十六年的梦里留给她的始终只是后背和后脑勺。她很想喊一声妈妈，但在噩梦里，她总是张不开嘴，因为母亲怀里抱着一个年幼的孩子，转头正在看着她。孩子安安静静地笑着，对她安安静静地诉说着："对不起，我只能这么说……"她想问你在哪里，你被扔在了哪个地方，哪个肮脏的地方。她从未想过孩子没有被扔掉，因为她相信，母亲用更大的罪恶，才能洗脱她的罪恶，她才能最终得以安全。事实上她热切地那样期盼着，想那样相信。

她把母亲死后从巴西寄来的信，反反复复地读了很多遍，在每次读到母亲的人生充满了玩笑时，她都呼吸不畅。在收到信之前，她一点儿也不懂葡萄牙语，所以不能说只把单词和单词串起来解读的这封信完全正确，也许信上说的是母亲的人生，是搞笑的人生。然而，就像无法说她的翻译不是误译一样，同样也无法说她的翻译是误译。她认为也许母亲在巴西的生活是幸福的，心情坏时或者悲伤时，甚至心情非常好时，都说"我是狗杂女"的母亲，从说的脏话里，感到了痛快。不过，这也许只是她自己恣意的解读而已。

中央博物馆移到龙山了，在开馆后不久，她去了熙熙攘攘、人声鼎沸的博物馆。博物馆每个宽阔的展厅里，都挤满了人，在哪里她都无法停留得太久，卖纪念品的商店里，卖吃食的餐厅里，甚至在大厅和走廊里，人们都排着长长的队伍。

她好不容易才找到金石文展厅进去，据记载下落不明的墓志，不是拓本而是实物，赫然展示在那里。她的心，就像在无心掘开的土里，发现了血肉犹存的尸体一般，猛地沉了下去。世上有各种错误的信息，但失踪和出现之间相隔太久，至少对她来说是这样。它真的消失过吗？它只是在它该在的地方，也许消失在未知的某处的，只是她自己的时光？墓志完好地保留着风的痕迹，被展示在玻璃柜中，标签是"母亲的心"。这是在这个被外敌侵犯的国家，因思念被抓去做贡女的女儿而得病死去的母亲的记录。"到了送贡女出国的日子，女儿和父母们揪着衣襟，拉扯着倒在栏杆或路上。嘶喊、悲恸、愤懑，有投井或自缢的，有忧愁昏厥的，还有眼睛泣血失明的人，这样的例子举不胜举"①，这

---

① 既在其选，则父母宗族相聚哭泣，日夜声不绝。及送于国门，牵衣顿仆，栏道呼泣。悲恸愤懑，有投井而死者，有自缢者，有忧愁绝倒者，有血泣丧明者，如此之类，不可殚纪。

是忠肃王复位四年，李谷给国王的上疏文内容。忠肃王复位四年是1335年，是寿宁翁主去世的年份，也是墓志被埋在土里的年份。铁锹掘开的土里、墓地的旁边，被潮湿的泥土掩埋的墓志，会不会这么想"我是永远不会结束的故事，一切的起因，一切的结局"？

那天从博物馆回来的路上，她把信埋在了土里，以前住过的房子旁边的空地，她曾挖出过篦子，如今建成了住宅小区。昏黄的灯光，从那些房子里暖暖地透出来，那里住着妈妈，住着女儿，还有女儿头上的虱子之类，就像很久以前，她的头发被母亲用篦子梳过一样。土里埋着的东西，依然还有很多，就像很久以前，她着迷于挖土时发现的圆珠笔芯、烟头、锤子头等等，一千年、两千年逝去后，岁月尘封，最终不复有存在意义，也变得没有用处的东西。在那些没有用处的东西旁边，她把信埋了起来，千年之后，如果有谁发现了那封信，就像她为了解读寿宁翁主的墓志而一个字一个字地斟酌一样，为了解读那些尘封的文字，那个人也会彻夜难眠的。于是她在信的空白处，补充了一句话："我的孩子呀！"意犹未尽，又添上了一句："痛入骨髓！"

也许就是在那一瞬间，在中央博物馆金石文展厅里看到的景象，又出现在她的眼前，那是她被排队的人群推搡着、倒退一步时看到的景象，是在展厅玻璃上映现出的、抱着小孩的母亲形象。展厅里数不清的人中，不可能没有抱着孩子的女人，她转过头去四处张望，真的是抱着孩子的女人，两只胳膊各自搂着一个孩子，不高傲、不柔弱、不浅薄地微笑着的女人，晃动着有力的胳膊，穿过人群，走进玻璃里。那女人就是在人生最后的十六年里，过着"狗杂女"的生活，但谁都不认为是"狗杂女"的、她的母亲赵东玉——法比娜。

那　天

1

那天，一个人的手被染红了，是磨刀人的手。刀在冰冷的磨刀石上开着刃，手比刀预先感知到了血。手似乎知道，重要的不是刀刃，还不知道谁的血会沾在那手上，也不知道还要流多少人的血，磨刀的人只知道，刀最终要做个了结。

2

教堂的门一打开，冷风便夹着残雪、和着正午的阳光迎面扑来，追悼会期间在暖炉旁烤热的身体，瞬间忘却了温暖的记忆，风渗入到身体里。周旋在生疏或完全陌生的语言之间、仿佛行尸走肉般乏力的身体，这次被风吹得打了个寒噤。遥远的国家死去的皇帝，现在既不会冷，也不会再颤抖了。总理想，死亡对有些人来说很惋惜，对有些人来说很普通，值得一提的，反而是活下

80

来或者死后留下的东西。比利时的皇帝留下了很多东西，不仅留下了附属国广阔的土地和无限的资源，更重要的是留下了他那不会灭亡的帝国。

教堂的周围，因参加追悼会而涌来的黄包车，四处奔走着，其中还有罕见的汽车。身材高大、发色较浅的西洋人，和他们的汽车一样，不论在哪里都很扎眼，他们都是帝国的使节，为了悼念其他帝国死去的并无交情的皇帝，聚到了一起。他们中当然有日本人，而且还最多。

教堂在日本人的居留地附近，以前一下雨就遍地泥泞，由此得名为"泥岘"①，日本人的居留地建成后，现在不管下雨还是下雪，都不会露出土地的内里。只怕以后所有的好东西、所有的新东西，都只以这个地方为中心向外扩散，事实上他那贫穷的国家，不论在哪里，都已经不能证明其存在了。所有的东西，都在快速变化着，湿土变干期间，世界的一半也会变化，就是这样的时代。

"大人，天很冷。"

总理听到人植的话，才转动冻僵的身子，慢慢地环顾四周，对他行礼后才能离开的人，不分洋人、日本人和朝鲜人，都环绕在他的周围。并不存在的国家的几乎并不存在的总理，也有这样的权力，仅此而已，对他来说却很巨大，总理为了这区区却完全的权力，献出了他的一生。

---

① 该教堂正式的名称是"钟岘"。

"大人，您没事儿吧？"

总理一边受礼一边还礼，快走下教堂的台阶时，人植用惊慌的声音问道，还伸出手来想要扶他一把。总理无法理解人植的这种态度，他任何时候都没事，任何时候都有事，他只是有些疲倦、有些孤独而已，那也和任何时候没有什么不同。想到自己身边数不清的死亡，他对自己并不认识的、比利时皇帝的死，并没有新的感慨或者意外心痛的理由。"人总是要死的，皇帝也不例外。"他想这么反驳人植，但是没有说出口。

他的黄包车停在教堂的入口处，西洋式教堂，即朝鲜最华丽的建筑物外面，不仅有他的黄包车，还匍匐着他那贫穷的国家。破旧的茅草屋垂着低矮的额头，像是要钻进土里，从那洞穴般的房子里爬出来的孩子们，隆冬时节连件棉衣都穿不起，吸溜着黄鼻涕，在教堂前面探头探脑，合计着或许能得到一两文赏钱。若是在纲纪废弛之前，总理面前不可能出现那些昂头站着的肮脏下人，可是时代不同了，下人们不再畏惧注视两班贵族的脸，甚至还把肮脏的手伸到两班面前。总理把末世的叹息咽了下去，因为最热切祈盼末世的，反而是总理自己。

"大人，您没事儿吧？"

总理想把脚踏上黄包车的瞬间，他又听到了这样的话，这次不是人植的声音。他想问"是谁在问我"，却没有看到人影，只有突然刺目的阳光。总理觉得在那一瞬间，自己好像看到了什么，不是人之类，而是决定性的什么，比阳光还要强烈的东西。

"路那么远，怎么走那条路呢？"这时总理又听到了那个声音，那是声音也是光芒，还是凌驾一切的、决定性和压倒性的重量。短暂的瞬间，总理看到了以非常猛烈的速度向他跑来的、瞬间用全世界的重量扑倒他的、日食一般的黑影，紧接着响起了尖叫声和高喊声，车夫元文流着血倒在了他的面前，疼痛和恐惧接踵而来。他看到原以为是元文的血，从自己的身体里涌出来，看到朝流血的身体一再靠近的刀，直到看见自己的身体鱼肉般地被刀子宰割时，才从他的嘴里发出了无法置信的呻吟声。

总理看到了在他面前夺眶欲出的眼球，因为刀而熠熠生辉的眼睛的主人，有二十岁吗？青年浑身都溅满了鲜血，在满是鲜血的脸上，白眼球似乎要夺眶而出，眼神是那么炽热和明亮。那是充满了希望、不曾质疑过任何事情的眼睛，总理也经历过和青年一样的岁月，这样的岁月把内心浇筑得热血澎湃。那个时候，年轻总理的眼睛，在身体睡着时，也在不停地转动着眼球，每当早上醒来，跟解乏的身体不同，眼睛总是酸痛不已。那是很久以前的事情了，现在被宰割着的、身体刺痛的总理五十二岁，尽管在知天命的年纪之后又多活了两年，但若在这个年纪死去还是有些惋惜。最后在爆炸般爆发的尖叫声里，刀刃深深地插了下去，尖叫只是徒然的。褪去日食阴影的正午阳光，覆盖在青年和总理的身体上，还有流淌着的血上。

冰冷的额头，在那瞬间，不能说是任何瞬间的那个瞬间，总理看到了冰冷、白皙的额头，孩子的头似低非低，一个劲地向下瞅着地面。每当孩子吸气和呼气时，韩服上衣襟里的凸起跟着摇摆，是银鞘刀、小刀鞘。现在垂死的这一瞬间，浮现在总理眼前的，不知道是那额头冰冷的孩子，还是每当夜晚和清晨，在钝钝的磨刀石上打磨的那刀刃。

总理把那孩子安置在舍廊房里。在去钟岘教堂的路口，听到了孩子们的歌声。孩子们不知道黄包车上坐的是总理，他们吸溜着鼻涕，使劲儿唱着"总理跟那孩子呦，死去儿子的老婆呦，当他大儿媳的那个孩子呦，私通勾搭上喽"，下三滥们唱的猥亵的曲儿。总理装作没听见那歌，其他人不能表现出听见了，拉着黄包车的元文加快了步伐，惹得摇铃叮当乱响。要想终结那歌曲的话，必须杀光朝鲜所有长嘴的人。也没什么不可以的，皇后死了，皇帝到头了，统监也死了，我的儿子也死了……

寒冷的黄包车里，总理闭上了眼睛。恼怒和心痛仿佛要将他的身体撕碎，意外的是在紧闭的双眼间，又浮现出他那温暖房内的情景：那个孩子，也就是升九的妻子，正在研墨，在她指尖晕开的墨汁上面，低垂着冰冷、白皙的额头……是他握笔的手劲松了吗？还是蘸的墨太多？笔尖和字体上的墨香，就像磨刀时的铁锈味一样。

通往黄泉的路要走多久？他从不相信路途会很短，至少不比他疲倦的人生短吧？但就算在黄泉路上把所有的一切都回忆一遍，不还是很短吗？

翻腾的身体，唤醒了他乘船的记忆：晕船、呕吐和昏厥，船每次都好像要把他摔进海里，他每次都会失去些什么。最宝贵的东西，是在哪片海上失去的呢？现在他记不得了，也没有余力去想。记忆就像刀尖般捅入体内，像血一样喷涌出来，他在想去旧金山的船上失去的东西。

大海没有尽头，不知道走了几天几夜，既说不上年月也说不上时间、什么都说不上的日子，随着昼夜更替而逝去，有时黑夜连着黑夜，有时白天还连着白天，他不仅在日期上感到混乱，也在昼夜上感到混乱。从横滨乘坐的英国轮船"海洋"号上全是洋人，三等舱里的中国人和日本人都不多，每当洋人们和这些从朝鲜来的"大人"们打照面时，总是皱着眉头、怪叫着仓促后退，或者紧紧捂住鼻子。就连不停地要求他们注意卫生的安连①，最后也累了，用郑重的声音却不那么郑重地要求他们尽量不要到船舱去。

一天晚上，他站在甲板上眺望大海，大海和天空的界限，好像完全消失了似的不见了，片刻后连他的视线都失去了方向，不知道船是漂在海上，还是浮在空中，他自己又何尝不是如此呢？1887 年（丁亥年）旧历十月，按照洋人的阳历算，一年还剩下六天左右的夜晚，安连哗地打开关了很久的舱门，邀请他们参加洋

---

① 霍勒斯·牛顿·艾伦（1858—1932），美国基督新教传教士、医生、外交官，中文名"安连"。

人的宴会，"圣诞节""派对"，安连一个字一个字地发音，望着他们的脸庞。可是朝鲜的士大夫们，没有一个人对这种男女搂搂抱抱的下流晚会感兴趣，他们不是被困在这里，而是以这种方式独自隐居。

船在海上漂泊了十八个夜晚、十九个白天，穿过茫茫大海，经过奇异峭壁耸立的岛屿，终于接近了陆地。眩晕深入到身体里，摇晃也如履平地，这些仿佛被遗弃的肮脏的朝鲜人，作为朝鲜史上首个驻美公使团，在旧金山港口吃尽了苦头。很久以后成为总理但当时只不过是三十岁公使馆书记的他，在旧金山港口双腿瑟瑟发抖，假若没有两班贵族的气概，他怎么能在那里站得住呢？船停下的瞬间，本以为应该结束了的眩晕突然袭来，他翻江倒海地干呕了好几次，但那只不过是痛苦的"陆地眩晕症"的开始。美国如同开天辟地后出现的新世界，比想象中的更加宏大、比猜想中的更加不可思议，与其说令人惊异，不如说令人恐惧，不仅有他们之前从未见过的东西，还有他们连想都不敢想的东西，港口、船舶、汽车如此，天空和大地也如此，连人都同样如此。可是最怪异的，就是他们自己，他们不仅成了所有人的笑柄，就连他们自己都突然觉得自己很陌生。只听说过但从未见过的黑人，走过来拽他们的长袍，惊慌的公使开始对着安连喊：

"安连公！安连公！安连！"

在那里用朝鲜语呼唤安连，是多么荒诞！

"Mr Allen, help us！"

对天起誓，英语真的只会两句，但却是正式翻译官的采渊，叫"安连"为"Allen"，请求帮助。他们被困住了，他终于切实体会到自己是从朝鲜被流放到了最遥远的地方。

从那之后的二十年漫长岁月里，他总是在噩梦里看到那些时刻，他在穿越太平洋的船上晕船，在港口被黑人拽着长袍尖叫，还有他匍匐在美国总统面前参拜，梦虽然夸张，可是并不虚假。在梦里他极度孤独、极度痛苦，孤独和痛苦的顶点，是突然意识到被流放在那陌生、恐怖地方的自己只有三十岁。仍然三十岁？才三十岁？那么以后的二十年里，在那漫长的岁月里，他要看着皇后被乱刀砍死，然后废黜皇帝、把儿子和父亲相继送到另一个世界、和儿媳妇私通，最后出卖国家。啊啊——，那么疲倦的二十年，现在才刚刚开始吗？

可是记忆没有把那二十年，像翻书一样依次翻过去，恐怖和痛苦一下子把他弹回到二十年后。可是记忆陷入了更深的恐怖，他又被困在船上，困在停泊在中国大连港的日本军舰上，和船身一起摇晃，这是伊藤博文死去两天后的早晨。朝鲜的统监、太子太师、被朝鲜皇帝赐予"文忠公"称号的伊藤博文，在中国被朝鲜人暗杀了。听到那晴天霹雳般的消息时，他的腿发软，站都站不住，瑟瑟发抖地听着据说是伊藤博文最后说的话，伊藤博文问"是谁开的枪"，在断气前重复了两遍"混蛋！混蛋！"。朝鲜惹怒了日本，甚至连赶去大连为伊藤博文吊唁的他，都没能避开日本人的怒火，没能踏上陆地一步。

为了偿还伊藤博文的血债，需要流多少朝鲜人的血？在海上等待着运送伊藤博文尸首的船出来时，他茫然无措地跟着军舰一起摇晃。伊藤博文最后的话，在他耳边挥之不去，"混蛋"……他看过太多不幸的死亡，他也会在某一天死去，混蛋……连伊藤博文这么伟大的人，都免不了死于非命，他能避得开吗？混蛋……在摇晃的船上，他终于流下了眼泪，比儿子死时、父亲死时还要痛苦的泪水，最终喷涌而出。痛哭，不为任何人，只为了他自己，如果自己的死亡不可避免，他只希望那一瞬间，能少点儿痛苦。

那天，一个刀刃被锻红了，扔在一边冷却。无法说清具体日子的那天，刀刃噙着冷水，在磨刀石上打磨着，迸出了火花。声音离他不远，从他最近的地方，也就是从他的内部传来，总理觉得自己活着时，始终听得到那个声音。手比记忆率先颤抖，率先被染红了。

总理预感到胸口被砍伤似的疼痛，熟稔的记忆在向不熟稔的记忆搭话。比利时皇帝追悼会的那天早上，他停下扣了一半的外套纽扣、拉开推拉门朝外看的举动，是不是因为对不熟稔记忆的恐惧？

"大人，天很冷呦。"

严寒的早晨，在外面候着的人植，穿着厚厚的外套，还是禁不住瑟瑟发抖，天那么冷，人植的这句话显然是催促总理快点出

88

发的意思。听着这催促的话，总理从口袋里掏出怀表看，如果现在动身的话，可以省元文很多脚力，正是恰当的时间，可是总理仍然不情愿地看着阴冷的天空。

"我说菊初啊，"总理叫人植，"你说别国的皇帝死了，咱们国家的天怎么这么冷呢?"

"冬月的大冷天儿，哪里是因为比利时皇帝的缘故呢!"

"是呢，哪里是因为别国皇帝的缘故呢!"

人植不再反驳总理的话，可是总理知道，人植听懂了他的话。人植是开化社会造就的、值得一用的文人，也是刊登新小说的杂志和公演新剧剧场的主人。人植不停地书写、拍摄和创作，人植粉碎旧东西、推出新东西的热情匍匐在权力面前之后，才最终放出了光彩。谁都会折腰，但不是谁都知道应该在什么地方折腰，总理因此而信任人植。

比利时是个特别的国家，从十九世纪八十年代开始，朝鲜就梦想着成为比利时，就像比利时是欧洲的中立国一样，朝鲜希望成为亚洲的中立国，那是存在的唯一方法。朝鲜的国王从成为皇帝之前到皇帝气数已尽之时，一直都在向世界的帝国们乞求朝鲜的存在。第一次知道中立国时，总理才二十几岁，他二十五岁及第，二十六岁成为奎章阁的待教，同年他进入育英公院，跟着洋人学习英语。在洋人教师不满于朝鲜两班贵族学生们的不良学习态度，而独自沉湎于酒精和懒惰之前，他学会了美国叫 America，汉语发音比利时、韩语发音白耳义的国家被称为 Belgium 等。他很吃惊居然有那么多要学习的国家名字，德国 Germany，英国 England，俄国 Russia，荷兰 Holland……他就像回到了背诵《千字文》、学习《孝经》和《小学》的时候，每天晚上背诵用洋人语言拼写的国家名字。那些昏暗的夜晚，他很好奇在那众多的国家里，哪个国家可以存活到最后。

比利时，又或是白耳义，Belgium，存活了下来。Belgium 凭既不被侵略也不侵略他国的宣言，成为中立国存活了下来，但却在黑人的领土上建立了附属国，皇帝把那附属国，变成了自己私有的庄园。那是世界上最大的庄园，在庄园的地下，埋着世界上最多的尸体，皇帝杀了一个又一个，杀腻时便一齐推倒埋掉，那是接近于朝鲜人口一半的、数百万人的墓地，也是皇帝权力大小的佐证。可是当下朝鲜的皇帝，别说是杀死自己的臣民，就连杀死自己的权力都没有。

那天早晨，总理没来由地感到心痛，不是因为比利时的皇帝，而是因为十四年前死去的朝鲜皇后。那是他所知道的女人中最为强硬的，以后也很难再见到这么强硬的皇后，被日本人的乱刀捅了后，最后被点火焚烧。如果那女人不那么强硬，无论用什么方式，都会存活下来。可是女人像强者一样死去，像强者一样收走了那些不强硬的、对如何存活下来举棋不定的朝鲜人的全部的气势、道德和悲伤。从那时起，皇帝是没有生命的存在，没有强硬和软弱之分的存在，他存在着但又不存在，不存在但又存在着，他只是为覆灭作证的、被迫生存到那天为止的傀儡。

　　也许总理年轻时的气势，也随着皇后的死亡被收走了，那时的他还很年轻，是愤怒比悲伤更盛的年纪；但其实那时的他已经老去，悲伤比愤怒更加强烈。未来悲伤的手，抓住年轻的、因愤怒而颤抖的手，领着他走向悲伤但静谧而温馨的路，那里有庭院、有爱人、有他的房间，还有墨香。他只是个平生喜欢研墨写字、假如可以愿意就此度过一生的书生，不顾世间所有的侮辱，他所做的，只是让颓倒的国家，拜服在崛起的国家脚下，就算不是他，也必须有人做，如果不是他，谁都不能做。

　　"菊初，"总理又叫人植，"小说能说什么呀？话越长，就必然越空，你还是先写诗吧，这是个起码得留下点诗的世界。"

　　人植笑出了声，总理读出了那笑声中的轻蔑。人植是总理的日语翻译秘书，只会用日语说"是，对，好的"，他用优越的语言，无视只会说劣等语言的总理。尽管总理写得一手好毛笔字，算得上是那个时代的名笔，但人植可以依靠钢笔的速度和印刷技术之类，无视写毛笔字的技艺。更重要的是，人植相信散文的力量，开化不是用开辟精神的、正义的力量完成的，而是推倒并深耕了物质、身体和土地后的变化。

　　"你为我写诗吧！"

　　人植这次没有笑，而是看着总理，这是个没有隐喻便活不下去的时代，但那隐喻过头也不吉利。总理看着冰封的天空，就像人植觉得不祥一样，总理自己也觉得那话不吉利。可是他真的说过那样的话吗？在世界上的某个地方，为了取他的头颅，一把刀在被锻造的时候，他真的说过那样的话吗？

第一刀贯通肺部的瞬间，总理听到了漏气或漏水的声音，那不是从他身体内部听到的，而是从他手上传来的，就像紧攥的东西放开的瞬间，或者紧握的拳头松开的瞬间听到的一样，声音很快散开消失了。"痛苦吗？"他问自己。第二刀刺穿肋部时，他又问："安心吗？"他的父亲活到八十多岁，跟石坡李昰应是亲家，跟骊兴闵氏是妻族姻亲，在漫长的官宦岁月中，罕见地一次都没有被流放或被免职，哪怕站在钢丝绳上，也从未失去过重心。他的父亲，可以说是乱世的弄潮人，寿终正寝后安详过世。他看着自己流血的身体，肉体现在尝到了血的味道。他跟他的父亲一样，也是以两班贵族的身份出生，以两班贵族的身份死去，一次也没有被流放。可是肉体会感到痛苦，预感到痛苦的瞬间，还会打寒噤，为了阻止更深入的痛苦，会变得粗暴起来。"如果活下来，会那样的，"在第三刀深深插入内脏的瞬间，他想，"如果活下来，会那样的……"

可是会活下来吗？总理听到了祈盼自己死亡的、充满了热切希望的呐喊声："死吧！去死！"死亡前没有美丽的修饰语之类，只有呼之欲出的渴望。"死吧！去死！"现在拼命对他乱刺的，不只是那个乔扮成板栗商贩、两眼放光的刺客，还有从茅屋里爬出来的肮脏发馊的"贱民"，不知为何那一瞬间却一点都不肮脏、脸上反而散发着纯洁光辉，他们的眼球全都夺眶欲出，一齐刺向他。看向垂死之人的眼睛，跟他一样充满了喜悦和狂热，他之前也见过，皇后被乱刀刺死、尸体被火焚烧时，他不在现场，可是那天晚上，他见过在城里到处流窜的浪人的眼睛。倭族浪人的刀，品尝到了血中最灿烂的味道，还有那眼睛，恨不得杀死可以杀死的一切，特别是想杀死朝鲜的所有一切，充满了狂喜和激情。那天晚上，他为了活命，跑向美国公使馆，活下来做他必须要做的所有事——出卖国家、和儿媳妇私通、废黜皇帝，他奔跑在充满杀气的夜晚街道上，奔向安全的地方——美国公使馆。

美国公使馆里，已经聚满了朝鲜的大臣们，他们没有跑回宫里救皇帝，更别提皇后了，因为所有人都知道，跑回宫里不是去救皇帝，而是搭上自己的性命，他们没有互相指责，也没有觉得丢脸。他们只是在想，美国有多强大？跟充满野蛮欲望的日本相比，美国能强大多少？火光整晚没有消失，疯了似的哭泣声不绝于耳。那一晚，孤独的不仅仅是失去皇后的皇帝，还有他们，他们不是没有自我安慰的方法，只是真的不知道哪个更强大，他们因此而孤独，很孤独。

孤独唤醒了孤独的记忆，华盛顿，按照洋人的发音被称为Washington 的第十五街，每天晚上他都倚在驻美公使馆的三楼窗边往外看。两次访美，他成了代理公使，可是既没有侨民也没有经营项目的国家公使，所做的事情，就是早上起床啃完硬邦邦的面包后，看着窗外的风景，直到夜晚街道的煤气灯被点亮。他没有必须要做的事，也没有能做的事，跑到街上，他是人们围观的对象，小孩子们朝着他的斗笠和长袍扔石头。没有人问朝鲜是依附在哪里的国家，那时的朝鲜，已经是被抹掉的名字。

他整天站在窗边，回想着落下的东西，因为没有必须要做的事，时间都被回忆填满。他那贫穷的国家是耻辱，但让他成为他的，只有他那贫穷的国家，他的权势、荣华还有自尊，都只存在于朝鲜。厌恶、耻辱和幻灭，每晚都煎熬着他，他学会了洋人的脏话，朝鲜的士大夫公使，站在窗边，吐着洋人的脏话。他也有祈盼，他期待着脚下的国家、窗外的国家，是世界上最强大的国家，他说的脏话是世界上最强大的语言，然后给予他力量。这样的祈盼好不容易让他入睡，可是孤独依然从他的骨髓里，发出了冷冷的风声。

失去妻子的皇帝很无能，尽管皇帝在失去妻子之前，就已经很无能，但失去妻子之后，更是如此。也许并非以君主的身份出生，却必须以君主身份活着的那个可怜的男人才是世界上最强大的人：他喝了臣子为杀死他而放了鸦片的茶活了下来，从世界上所有的屈辱中活了下来，依靠洋人用锁着的箱子送来的饭菜聊以充饥，也活了下来；他为了从自己的宫里逃出来，藏在下等宫女的轿辇里，像下等的女人一样蜷缩着膝盖。皇帝逃到俄国使馆后，做的第一件事，就是下令处死背叛他的大臣们。昨天还是最高权力者的大臣们，没有被流放或者被赐死，他们有的被街上"贱民"扔的石头砸碎了脑袋，有的被草鞋碾死，金弘集死在了汉阳，鱼允中死在了龙仁。难以计数的生命，以最残酷的方式死去，那期间皇帝在俄国公使馆里，用颤抖的手喝着咖啡，用颤抖的手打着台球。到处都是横卧的尸体，尸臭味不散的街道上，嘴边沾着腐烂的肉屑、膘肥体壮的狗们，无论对谁都发出了咆哮声。

那时候，他每晚都做杀死皇帝的梦。皇帝仍然是他的全部，是他的自尊，也是他的骄傲，梦比现实更早地把他带向未来，带向他最终要去的地方……在梦里，他比现实中存在的自己，提前到达了那个地方，成为杀害皇帝的凶手。那时候，每当凌晨从梦中醒来，他都会想，这是不是自己被诅咒的命运？记忆独自操纵着身体，带他去了任意的地方：初次拜谒皇帝的青春时期，皇帝是幽默、风趣的人，在科举及第的人中，对他关爱有加，皇帝还亲切地叫他为"新来的"①；喜欢恶作剧的皇帝，用各种方式捉弄他，每当他诚惶诚恐地一个劲儿磕头时，皇帝笑得脸都红了。也许就在那天，他下定决心，要为皇帝万死不辞，他为了皇帝成为守旧派、亲美派，还有亲俄派。那时他总会想起笑得脸通红、非常愉悦的皇帝，想起亲切地喊他名字的、皇帝的声音，可是记忆只是独自摆布着他的身体，不再使他热血沸腾。

"君主啊，您是最终要在我的手里做个了结吗？"

梦醒的早晨，总理总会面无表情地咕哝。在那样咕哝的早晨，也许是世界上最强的国家——日本的国旗在朝鲜到处飘扬。

---

① 科举及第的前辈，叫新及第的后辈为"新来的"。

总理对日本知道得太晚，兜得太远，把世界的一半都兜完了，他还是没有到达日本，虚度的时间，痛彻心肺。每个心情焦躁的夜晚，他都会做更加残忍地杀死皇帝的梦。

那天早上，刀刃在冷冰冰的磨刀石上打磨着，磨刀的声音里夹杂着墙外的狗叫声，磨刀人的手和狗叫声一起晃动。现在狗尝过太多尸体的味道，从腐烂的肉块到刚刚流淌的鲜血，才不管那血和肉是谁的，是朝鲜人的还是日本人的。为了走向狗所在的街道，持刀的手打开了门，门的后面，过去的时代发出沉重的声音落幕了。

每个白天和黑夜，被暴力踩蹏的街道，不经意间又接纳了一把刀。无数的战争，像暴风一样涌来，瞬间践踏了朝鲜。日本运来了大批的武器、大量的大米和庞大的军队，不停地向北、向北，向清朝、向俄国进攻，在都城里最常见的，是日本军人、日本军粮和日本的刀枪。无情的干旱和霍乱，没有招惹日本人，只拿朝鲜没用的百姓当作祭品，饿死的人和病死腐烂的人的尸臭充斥着每条街道。死亡最终只适用于没有活着理由的人，死去的理由，只是因为没有活着的理由，战争的胜利是存在的理由，日本拥有所有的一切，只有胜利者是王者。

狗把尾巴夹在胯下往后退，持刀人走过街道时，狗闻到了比尸臭更甚的刀铁味，还有尚未流淌的血腥味。狗凭着本能知道，刀什么都会砍。刀的残忍和刀的冷酷，狗比人率先知道。

持刀的人，路过一度是美国公使馆和俄国公使馆的建筑，乙巳年的条约之后，帝国的公使馆都变成了空房子。活着但无异于死去的朝鲜人，就像在水里散开的墨汁一样，消失在街道的任何地方，看到的只有日本人，听到的只是日本人的木屐声和军靴声，闻到的只有尸臭和火药味。正在巡逻的日本军队，端着枪停在持刀人的面前：

"立正，放下刀！"

枪管上别着的刺刀，在阳光下肆意地闪着光，在那肆意的光那边，是旧时代最宏大的门、国王①住所的门。

"君主啊……"

总理喃喃地说。当最后一刀深深地贯穿他的肺部、呼吸破碎地飘向空中的瞬间，总理叫着曾经是他全部的君主。热流在他的体内激荡，各种捉弄他的君主，笑得通红的君主的脸，也在他的体内一起翻滚。失去妻子的君主抚摸着死去妻子的遗物潸然泪下的脸，也进入到了他的体内；还有失去所有的君主，在登基那天，成为皇帝却不是皇帝的可怜男人的脸。

皇帝也会这样记着他吗？在君主面前俯首叩拜的年轻的他，为了把君主从日本人的手里解救出来，企图拼死翻越宫门的他，在俄国公使馆里一起喝咖啡的他……皇帝只要是真正的君主，至死都不会背叛皇帝的他，这样的他，皇帝会记着吗？

---

① 朝鲜的君王在称帝前叫国王，称帝后成为日本的傀儡政权。

最后一刀从他的身体里拔出来，握着满是鲜血的刀鞘的年轻人的手，出乎意料地白皙灿烂。总理瞬间醍醐灌顶，领悟到了他最后的记忆紧紧抓住的虚假东西。他突然想放声大笑，说出口的却是哀求救命的呻吟声："救救我，救我！一定要救我！"总理趴在地上，哀求着，使劲地喘着粗气，但却闭上了眼睛。眼睛闭上的同时，门打开了，也许他平生最熟悉的记忆，即是持刀人的手。

"那刀是什么？"

皇帝面容疲倦地望着他。出身于寒酸王族的、懵懵懂懂的儿子，如今已成了皇帝，跟守护自己相比，皇帝作为君主守护着国家更为吃力。可是把国家从手里放开的瞬间，君主现在剩下的，只有完整的自己，他希望君主安恬、平和，那么就由他来把并不存在的国家的重任，从君主的肩膀上卸下来吧！

"那刀用来砍什么？"

皇帝又问，嗓音像从水底下流出来似的，低沉、静谧而冰冷。皇帝是看着妻子被乱刀砍死的人，是杀死过无数人的人，还是看到过无数的生命用刀做自我了断的人。只要他是皇帝，他的臣子不论在哪里都会死，不放弃朝鲜存在的皇帝，为了最后的祈求而派李㒖去了海牙，在万国的使节面前，李㒖用刀剖开了自己的肚子，作为皇帝的臣子，迎接了死亡的到来。刀是什么，也许皇帝比谁都清楚，所以持刀人觉得没有必要回答。

"朝鲜再也没有了，从很久以前就没有了。君主啊，您也是一样啊！"

　　他把手放在刀鞘上，手掌像被烫着了似的，刀很热。他知道自己要砍什么，那比皇帝还重要，比皇帝还独一无二，用力握着刀的手很累，他兜得太远，在世界转了大半圈之后，才终于到达了这里。他盼望着，希望自己的旅程到此结束，世界最终在他这边停下，直到他死后也是如此，永远地。

　　"完用啊！"

　　君主像叫年轻时候的他一样喊他名字的瞬间，刀飞向了空中。

　　"天命！"

　　从持刀人的嘴里，生平第一次冒出了日本话。在以朝鲜的力量登基的最后一位皇帝面前，刀划过了空中。刀划过的，是比皇帝的性命还重要的朝鲜的命运。

3

　　"天亮了吗？"

　　总理问死去儿子的妻子（坊间流传的、被自己老子抢了老婆而上吊死去的他儿子的妻子），也就是他的儿媳妇……那孩子不知道从什么时候开始，垂下的额头不再抬起。问天亮了有什么意义呢，天每天都会亮，每天都会黑，在他活着时，还有在他死后，每天都是这样周而复始。

"你怨恨这个世界吗？"

他又问了一遍没有作答的那孩子。她没有回答，他也没法把话接下去，可他只想对那个孩子说："天每天都会亮，每天都会黑，天不是为了谁而存在，所以你也要活着，用蔑视对抗所有的蔑视，以流血战胜誓死的抵抗，以杀戮打败拼死的挑衅。世上没有不会随着时间的流逝而改变的东西，不要相信世间的永恒，只相信你还活着。"

孩子依旧只是低着头，是因为没有说出口的话吗？总理觉得疲倦得无法忍受。总理闭上了眼睛，被自己出卖从此不复存在的国家的总理，闭上眼睛的瞬间，听到了刀被打造的声音。那是从自己内部传来的疲倦的声音，还是为了取自己的头颅响起的热切祈盼的声音？总理不得而知。

每当清晨泛起曙光时，总理的身体都会翻滚，不再知道被人蔑视的滋味的悲伤，在翻滚的身体里，跟着依稀的回忆一起荡漾。他要活下来，也许活得很长久，他也许比世界上的任何人，都要活得长久。他尚且不知道，但他的肉体本能地感觉到了悲哀，比他率先垂下了眼眸。

比利时皇帝的追悼会召开的那天，就是他即将被刀刺伤的那天，旧历己酉年十一月初十，隆冬的朔风凛冽。

*

1909 年 12 月 22 日，李完用被二十一岁的李在明持刀贯穿肺部，身受重伤却最终活了下来。他活到七十三岁，活下来后成为韩日合并的主力。

在世期间，他签署了《乙巳条约》，成了出卖国家的"乙巳五贼"之一；后来在高宗面前挥舞着刀，主导废黜了皇位；韩日合并后，从日本天皇那里获得伯爵的爵位，成为朝鲜首屈一指的富豪，并且是公然把儿媳妇纳为小妾的丑闻主角。解放后，他的墓地荒废，他的子孙们或加入日本国籍，或藏匿于加拿大等地。然而活下来的子孙中，也有为了追回李完用的土地而提起诉讼的，部分胜诉。

用刀刺杀李完用的李在明，被当场逮捕，判处死刑。审判时，审判长杉原问："和被告一起行凶的人，有几个?"李在明高声回答："两千万大韩民族的所有人。"在发生行刺义举的九个多月后的 1910 年 9 月 13 日，他在被关押的西大门监狱，被处以绞刑殉国，1962 年被追授建国勋章总统奖。

眩晕症

"视力逐渐下降，真是令人担心啊，昨天我还爬上小区的楼顶看了一天的远处，因为以前听人说，长时间地看开阔的地方，对眼睛有好处。最近我都尽量不玩电脑了，视力下降好像就怨电脑，以前我也跟您说过，我父母的视力都很好，所以从遗传学上讲，我的视力不可能差。我想问一下，听说激光矫正的视力不被认可，是真的吗？我真怕梦想会消失啊，除了在天上飞，我没有别的梦想，从天上往下看到的大地、海洋和高山，该有多美啊，想想心都要飞起来呢!"

发来邮件的少年十七岁，跟他女儿一样的年纪。一年前，他女儿从韩国的学校退学之前，他收到女儿学校的邀请，参加过关于学生未来出路的专题讲座。这是学校邀请在其从事的领域较为成功的学生家长，为对该领域感兴趣的学生提供的"如何成为像自己一样的人"的咨询平台。他在负责老师的引领下走进教室时，看到不小的教室里坐着二十名左右的学生，大部分是男学生，也有几名女学生。据引领的老师讲，学生的父母中，有播音员和演艺企划公司的干部，大部分学生都去了那边，那几个教室之外的其他教室，基本上都空着。也就是说在这教室里坐着的学生，属于"信念派"。他瞟了一眼对面的教室，不知道邀请的是哪个领域的学生家长，只有五六名学生坐在那里。女儿对什么职业感兴趣呢？他只知道，女儿没有出现在他所在的教室里。

给他发来邮件的男孩，是梦想着成为飞行员的"信念派"中的一员。男孩问他："成绩差也能当飞行员吗？"他有些为难，反问那个男孩子什么科目的成绩差。"数学和英语……"有些含糊其词的孩子接着说，"其实语文和社会的成绩也不好。"教室里顿时笑成一团，那个男孩没有害臊，露出白白的牙齿，也跟着呵呵地笑了。他绝对不能说"成绩不好也没关系"，于是转移了话题回应道："不是因为看不清楚考题，才不会答的吧？视力没问题吧？戴上眼镜视力还达不到 1.0 的人，就算英语和数学都考满分，也无法操纵飞机，有这样的规定。"

"我真怕梦想会消失啊。"

男孩邮件里的那句话，一直在他脑海里挥之不去。如果不是其他原因，只是因为视力问题而被剥夺梦想的话，那对于十七岁的少年，是多么残忍的事情啊！可是如果因为视力、血压抑或是抑郁症而失去平生的工作岗位，那对于四十七岁的男人来说，也是多么残忍的事情啊！四十七岁的男人，能像十七岁的少年一样，说不要剥夺我的梦想吗？

那时候，他动不动就奔走在夜晚的街道，入睡越来越困难，他不再做徒劳的努力，开始在周边的社区游走，有时候为了买并不需要的一次性刮胡刀，走路去距离家一站多远的商店。这个他刚搬来的新城，有一半仍然在建设中，像他一样在夜里睡不着的，还有到处飞扬的灰尘。在工地现场，不只有成堆的钢筋和木材，还有不到十五岁或者刚过十五岁的孩子们，就像偷腥的猫儿一样，藏匿在建筑物的一角。如果不经意间和他目光相接，孩子们会向上翻着大大的白眼，口吐脏话，然后发狂似的大笑。孩子们的周围，散落着烟头和酒瓶，还有脱掉的颜色艳俗的长筒袜以及后跟折了的鞋子之类。

　　一个月里总有几天，他要在空中度过夜晚，横穿大陆的夜间飞行，不是件容易的事情。把操纵席让给航路机长、到头等舱里伸长腿躺着时，抑或是在操纵舱休息室里暂时躺着休息时，他都不能忘记自己正飘浮在天空中。每当那时，他的睡眠莫名地浅，头脑发涨，各种念头就像飞虫一样嗡嗡作响，如果脑门上也有盖子，有时他真想掀开盖子，把里面的东西全都取出来扔掉。这是失眠症开始时的初期，可是随着失眠的时间越来越长，他的脑子不是越来越满，反而是渐渐地变空，他不停地想着什么，可回头想想刚才在想什么时，却怎么都想不起来。他躺着不再徒劳地试图入睡，总是越过副机长的背，看向黑暗的天空，尽管距离第一次手握操纵杆，已经过去二十年了，他还是无法完全避免空中的飞行错视，昏暗的大海看上去像天空，天空像张着大嘴的、黝黑的海洋。日出打破错视的瞬间，在任何时候看来都很壮观，即使戴着阻挡眩光的眼镜，飞机穿越黑夜、飞往东方时，与之相接的太阳光芒，也总是过于强烈和炽热。

"老弟，你知道天狗的故事吗？"

副机长赵明植首次和他搭档夜间飞行时，他对困得直打盹的赵明植，讲了一段他知道的童话故事："有一天，夜晚国家的国王，让养的狗去把太阳叼来，狗就去叼太阳了，可是太烫了只好松开。怎么能不烫呢！狗夹着尾巴回来了，这次国王让它把不烫的月亮叼来，狗就去叼月亮了，可是太凉了也只好松开。怎么能不凉呢！"在他讲着故事时，太阳开始升起来了，赵明植"哇哦——"地感叹一声后，回应道："那混蛋的狗，牙都该掉光了！"就连凡事一向严肃的他，都忍不住放声大笑。

虽然不想承认，但他开始失眠，是从妻子和女儿离开之后，妻子为女儿的教育离开韩国去美国时，他第一次感到原来他们住的房子这么大。妻子离开的三天后，他有趟飞纽约的航班，他没有入住公司指定的宾馆，而是在妻子和女儿的家里住了两宿。纽约的房子选在了女儿的学校附近，离机场很远，需要两个多小时。飞了十四个小时之后，再赶两个小时的路程，绝对不是件愉快的事情，但他必须奔向家人，这是毋庸置疑的，就像从仁川机场下飞机后赶往家里一样，他从纽约机场下飞机后，也要赶往家的方向。推开联排住宅小小的庭院门，妻子和孩子飞奔过来，在韩国完全忘掉的"家庭"还有"幸福"之类的字眼，在和家人分开又重逢之后，才使得他鼻头发酸，尽管这么说有些无耻。在那两天里，他像生平第一次外出郊游的孩子一样，紧紧抓着妻子和孩子的手不放。跟妻儿分离、重新踏上回国的飞行旅程时，他的心中仿佛蓄满了泪水，郊游结束了，妻子和孩子都回家了，似乎只有他形单影只地留在黄昏落日的路上。

"在陆地上要聚在一块儿住，好不容易才着陆，要是还落单的话，婚姻长久不了。"

这是当他决定把妻儿送往美国时，前辈机长对他的忠告。前辈的忠告果然不错，见到家人的兴奋劲儿没有持续很久，跟妻儿适应新生活的速度相比，他越来越抵触那陌生的生活。在抵触和负罪感交织的情绪里，他意识到并非妻儿居住的所在地都是家，在纽约的房子里他躺在妻子身边时，飞机的引擎声也在他的耳边挥之不去，还有呼哧呼哧的喘息声……梦里经常出现的、牙都掉光了的狗，夹着尾巴站在那里看着他。

收到少年邮件的那天，他不在家时寄来了一封信，来自洞穴俱乐部（Cave Club），白色的方形信封上，贴着打印的长字条，上面写着他的地址和姓名，跟刚刚搬到新城市后的首个缴纳物业管理费通知单一起，静静地躺在信箱里。他把跟妻子共同生活的房子租赁出去、搬到机场附近的小公寓里还不到一个月，所以收到信件有些意外。除了在街道社区办理过迁入手续，他从未对别人说过自己的新住址，可信封上准确地写着他的名字，还有连他自己都记不清楚的新家地址。上班前，他把沉重的飞行箱，靠在信箱旁边的墙上，拆开了信封，那是一周后举行的、定期聚会的参会指南。他对洞穴俱乐部一无所知，假如他不是这个公寓的首个住户，他会以为之前的住户恰巧和他同名。要打听到一个人的住址，在当今社会并非难事，可是在参会指南的空白处，写着以下内容的留言：

——很久没有见面了，想见您！佳恩。

很端正的字体。他不知道佳恩这个名字，也不认识很久不见会那样热切想念他的什么人，可是让他无法忽视这封信的，正是"想见您"的字眼。也许……也许，谁知道呢！他希望那封信不是给其他任何人的，就是写给他的。

往返纽约需要五天时间，他再回到家时，离开那天插在信箱里的缴费通知单和洞穴俱乐部的参会指南，已经被埋在了周边商家的传单中。因为快到交管理费的日子了，他扒开传单取出缴费通知单时，洞穴俱乐部的参会指南也一并被带了出来。他没有先确认管理费的金额，而是打开了洞穴俱乐部的那封信："想见您！佳恩。"那端正的字体依旧，信封上的名字也确实是他的，定期聚会的日期在两天之后。

他一手拖着飞行箱、一手拿着参会指南和缴费单进门时，客厅的沙发上毯子依然那样摊着，搬家后他还没有找到帮忙料理家务的人，家常常是离开时的样子，连灰尘都或厚或薄地堆积在他的痕迹之上。沙发上的毯子，原封不动地保留着一个在床上无法入睡的上了年纪的男人的痕迹，就像机舱一样，又或许像洞穴。

他又看了一遍参会指南，洞穴俱乐部……干什么的地方呢？很久以前，他在空军士官学校上学时，曾经交往过的女孩学校附近，就有个名为"洞穴"的酒馆，不仅名字是洞穴，而且真的是开在洞穴里的酒吧，推门进去是弯弯曲曲的洞，沿着洞摆放着桌椅，当然不可能有窗户之类。推开酒馆的门，米酒发酵的酸味和不换气的厕所味、臊味和呕吐物的味道，随着冰冷的寒气扑面而来，尽管如此，那里还经常满员，想找个座位都很困难。那个时候无法宣泄的热情，藏匿在黑暗里，最终才得以安全；那个时候隐匿了自我，最终一切才得以原谅，差点成为他恋人的那个女人，因为他是空军士官生而和他分手。剧院里好莱坞影片《军官与绅士》正在热播，电影中扮演海军士官生的理查·基尔，成为所有女人的恋人，而那时候韩国的士官生，仅仅因为是士官生而遭到了抛弃。在洞穴里和他分手的女人，也许她的名字是佳恩？愚蠢的想法，她不可能这么突然和自己联系的。虽然朋友的朋友或者八竿子打不着的亲戚，有时候为了紧急的机票联系过他，但他不会觉得二十年前曾经短暂交往过的、现在连名字都记不起来的女子，会因为那样的理由联系他。

他把自己知道的女人名字，都回想了一遍。有记起来名字的女人，也有忘掉名字的女人，还有记得名字却想不起来长相的女人，可是总共也没有几个。他很吃惊自己记住的女人是如此之少，虽说知道的女人名字少，绝对不能证明人生就是错误的，可他忽然觉得自己的人生很虚妄。值得庆幸的是，他至少还没有忘记自己妻子和女儿的名字。

　　在第二天的早上，他收拾着高尔夫球杆时，看到了在桌上放着的参会指南，对着佳恩的名字端详了一会儿之后，他按照参会指南上的电话号码拨了过去。接电话的是个男人。气仿佛从紧绷着的身体里泄出去，真是愚蠢啊，他从未想过，佳恩也可能是男人的名字。他问："是洞穴俱乐部吗?"男人回应道："什么?!"他从未想过接电话的是个男人，更没想过对方会这么回应，他一时说不出话来。

　　"喂!"

　　电话里的男人突然吼起来，他很吃惊，把话筒从耳边拿开时，"喂"的声音还在继续，不是在叫他。

　　"喂! 喂喂，过来接电话! 喂! 你听不见吗?!"

　　男人到底在喊谁? 没有姓名、以那样侮辱性的称谓喊着的声音，他真的好像很久都没听过了。不管叫的是谁，也许不是个合适的通话对象，或者至少现在不是合适的时间。当他想挂电话的瞬间，"您好。"女人喘息的声音传到了他的耳中，和侮辱性的称谓"喂"一样，女人急促的喘息声也使得他很困惑。"是洞穴俱乐部吗?"他又问了一遍。"对。请问您是洞穴会员吗?"女人依然以喘息的声音问道。他不能说是，女人的话接了下去："就算不是会员……咻……也没关系，不是只有会员，参加的，聚会，咻咻……来看看吧……咻咻……你会喜欢的……"

　　1982 年 6 月，英国伦敦，蝙蝠洞（Batcave）俱乐部，哥特摇滚（Gothic Rock），告诉他这些词汇的，是副机长赵明植。穿吸血鬼的服装，读埃德加·爱伦·坡的作品，看萨尔瓦多·达利的画，狂热地喜爱苏西克女妖歌曲，蝙蝠洞俱乐部，就是这样的人群聚集的地方。

"您没听说过苏西克女妖吧？可以说她是哥特摇滚的代表，死亡、自杀、施虐式性爱、窥淫癖、伏都教①……反正主要以那样的主题唱歌。"

"真是骇人！"

"我听说过，但不是我喜欢的类型。也许埃德加·爱伦·坡或者达利，喜欢苏西克女妖也说不定。"

跟他不同，赵明植是没有参军经历的年轻青年，在空姐中有人气，在不是空姐的女人中也有人气。不仅仅因为赵明植是飞行员，充满了幽默感，跟他相处很愉快，更重要的是他不沉重。就像所有的女人都喜欢赵明植一样，他也喜欢赵明植，如果他重新变年轻的话，会像赵明植那样酷酷地生活吗？

"怎么喜欢那些呢，真是没法理解，理由是什么？"

他啧啧地咋舌问时，赵明植笑得身子都抖动起来，如果握的不是飞机而是汽车的方向盘，这大笑足以使得汽车来个急转弯。

"哎呀，您这么问，我该怎么回答呢……是对主流的反抗吧。可是那些人也许会反过来问我们，你们为什么要干那些勾当？"

---

① 伏都教，源于非洲西部，是糅合祖先崇拜、万物有灵论、道灵术的原始宗教。

"什么勾当?"

"为什么开飞机啊!因为无聊?还是想要哄骗我?要不然就是你想当吸血鬼?"

"你这到底是什么意思啊?"

他哭笑不得地问。为什么开飞机?哪有这样的问题!青春时候的梦想,小时候对飞起来的渴望,空军士官学校时的悲欢……可终归还是为了生活。即将到来的退休,比退休率先亮起红灯的健康,就像过筛的面粉一样簌簌飘散的记忆力,一天比一天昏花的眼睛……他依然热爱飞行,可如果不是为了生活,这份热爱很久以前就结束了。怎么当上飞行员的问题仍然有效,但为什么当飞行员的问题,有效期结束已经很久了。更别想什么吸血鬼了,这样风马牛不相及问题的想象力,哪里还有渗入和存在的余地?赵明植依然笑着回答:

"理解不了吧?我也一样,世界上跟我们不一样的人,出乎意料地多。"

他闭上了嘴巴,剔除赵明植话里的轻浮成分、只拣真实的意思听,对他来说还不是件容易的事。尽管如此,赵明植把他和自己都包含进去,说的是"我们",为此他感到了一定程度的慰藉。

他无言地看着赵明植的后脑勺。有一年模拟飞行测试时,测试完出来的赵明植,急促喘息着说"还以为就这么死了呢",完全没有开玩笑的意思,"尽管我很清楚模拟测试是怎么一回事儿,可心脏仿佛就要停下来似的,真的跟死了一样"。他起初没有听

111

明白赵明植的话，把实际飞行中可能遇到的场景编入程序后进行的模拟飞行测试，当然可能会令人紧张，但不至于恐怖。那和电脑游戏的模拟测试完全不同，举例来说，在测试画面上，不会有宇宙飞船出没或者鸟群突然发起攻击之类漫画式的虚拟场景。测试基本上只对可能遇到的危险进行模拟，比如被雨淋湿的跑道，出故障的起落装置，突然出现的气流变化之类……事实上，那比漫画式的想象，比如巨大的宇宙战舰入侵地球，狂轰滥炸让人束手无策的情景更为恐怖，直到后来他才理解到这一点。

可是像赵明植一样的年轻人，会明白那种恐惧吗？那是扑面而来的、对危险的恐惧，赤裸裸、活生生的恐惧。

"啊，对了，我还想起来一个。"

赵明植突然拍着大腿说。

"什么？"

"蝙蝠洞，是在电影《蝙蝠侠前传》里出现的，是蝙蝠侠的地下基地。"

我说啊，我问的不是蝙蝠洞，也不是蝙蝠洞俱乐部，而是洞穴俱乐部。不过他没有对赵明植这么说，而是问道："这些你怎么都知道啊？"话出口之后，他才意识到赵明植没有问他"为什么"，解释什么哥特摇滚、苏西克女妖时，赵明植应该也好奇一个上了年纪的机长，为什么会问这些，或许这就是年轻的赵明植跟他的区别，如果赵明植问他为什么问这些，他回答不上来。可是赵明植毫不迟疑地答道："因为我女朋友对那方面很感兴趣，以前我过生日时，她打扮成僵尸出现，还把我吓晕了，她真的很有趣……"过了一会儿，他才醒悟过来赵明植说这话时，用的是过去式，可怜见儿的，他好像还没有新的女朋友，那么说的应该是前女友。

洞穴俱乐部的定期聚会，在江南地区的一幢大厦里举行，之前他去过一次的地方，几年前在那里举办过"在京高中同门会"，因为是纪念母校五十周年的同门会，所以规模很大。尽管在参会指南上标注着大厦的名字和路线图，但直到到了建筑物跟前，他才想起来这些，因为他想象中的洞穴俱乐部应该是在完全不同的地方，比如地下昏暗漆黑的空间，额头上戴着头灯坐着的、脸色苍白的人们，还有他们吐出的寒气，如此之类。

他的想象太过恣意，进入大厦后更加证实了这一点。一踏进大厦的入口，在电梯前摆放的花篮一字排开，数都数不清，花篮上没有任何洞穴俱乐部的字样。根本没什么脸上涂得惨白、装扮成吸血鬼德拉库拉的人，参会者个个衣着光鲜，从上电梯开始，就忙着互相打招呼。在二十二层的会场入口，挂着名为"洞穴，水，呼吸"的主题横幅，主办方不是洞穴俱乐部，而是洞穴学会。在世界上众多的学会中，有洞穴学会也没什么好奇怪的，可是洞穴、水和呼吸，它让人联想到什么？他无法预料到，难道这里也有对扑面而来的危险的恐惧？

活动正点开始，主持人宣布活动开始，然后是会长致辞，据说是某大学教授的洞穴学会会长，介绍了本国洞窟勘探的现状，然后列举了一长串的基础社团，洞穴俱乐部就是在那众多的团体中被最后介绍的社团之一。当会长念到洞穴俱乐部时，他下意识地环顾了一下四周，没有人回应。与其说是致辞，会长的话更像是演讲，冗长而枯燥，旁边坐着的女人用手捂着嘴巴打了个呵欠，他也低下头打了个呵欠。也许是因为太枯燥，他都没有察觉到悄悄到来的黑暗，致辞好不容易结束的时候，灯突然灭了，那瞬间到来的、彻底的黑暗，之前他从未经历过。他一点都不知道，在会长致辞期间，二十二层宽阔的会场上，所有窗户的遮光窗帘都已然被放下。说起来那是非常蓄意的黑暗，也是近乎不自然的、完美的黑暗。大家不约而同地屏住了呼吸，他第一次知道，在黑暗中的呼吸，是如此地沉重。不知道是谁的咳嗽声低低地传来，连锁反应似的，又传来了几个人的咳嗽声。

那样厚重的黑暗，持续了几分钟？显然那时间人为安排得很长，当最后觉得必须得有人站出来说点什么抗议一下时，水声开始传了过来，在黑暗的缝隙里冰凉地、安静地流淌着的水声。那也应该是人为制造的效果，但他很吃惊那冰凉的水声仿佛流入了自己的心田。伴随着水声，黑暗缓缓地消退，舞台上呈现出巨大的洞窟，阳光里被洞穿的黑暗，还有里面流淌的江水。水声似乎要渐大时，画面的焦点从阳光转向黑暗，再转到水面，最后进入到了水中，微弱的灯光追逐着水中的世界。不知是谁的不知所以然的叹息低低地传来，他听到那声音，才恍然发觉那是自己的声音。一双冰凉、潮湿的手，抚上了他的脖颈，不知道是在叹息声前，还是在叹息声后，他慌忙地转过头去看时，后面只有黑暗。画面的焦点逐渐转入到更深的水中，室内又恢复到影像放映前的黑暗状态。

"您觉得怎么样?"

活动结束后，他见到了洞穴俱乐部的干事、接过他电话的女人，如果不是看到她胸牌上的李恩静的名字，他不会认出来这个女人是谁。在活动现场，女人的声音既不潮湿，也不冰冷，当然更不急促。

"很有趣啊。"

"不是说谎吧?"

女子问完自己笑了。

"您总是看着别处，那样一直转移视线的人，我还是头回儿见呢。"

是吗? 他终于正视女子的脸庞。是这个女人吗，把手放在我的后脖颈上? 女人戴着最新开始流行的黑框眼镜，脸庞看上去健康而敦实，脸色并不苍白，反而闪着小麦般的光泽。他从来没有在任何地方见过这个女人。

"你去过很多洞穴吗?"

他转移了话题，女子回答得很爽快。

"多得数都数不清。"

"为什么喜欢洞穴呢?"

为什么的疑问一出口,他才突然想起来赵明植的忠告:"那些人也许会反过来问我们,你们为什么要干那些勾当?因为无聊?还是想要哄骗我?"所幸女子没有这样问。

"洞穴是完全的未知,也是完全的黑暗,用我赤裸的身体在里面摸索着前进,全身的汗毛都像要竖起来一样,只依靠头灯和感官。有时会出现广场,有时会出现江河,有时还有瀑布倾泻而下,那所有的东西,如果不进去就不会明白,冒着一切危险,有时还要赌上性命,如果不用我的手和我身体里所有的感官去探索,就不会明白。没有魅力吗?"

"呃,这个……"

女子突然放声大笑。

"拿我的话当真了啊?"

"怎么?"

"洞穴勘探是非常专业的事,像我这样的外行,只在洞穴入口处探头看看就完了,要不然就是在已经有主的洞穴里转转,照几卷相片出来就拉倒了。"

他的嘴角也禁不住上扬,如果是这种水平的"哄骗",不是可以忍受吗?他联想到赵明植的愉悦,女子的话接了下去:

"可是,不都是洞嘛!"

"……"

"世界上最高的山、最宽广的陆地,还有最坚硬的石头以及

116

最坚固的冰河里，都有洞穴，也就是洞。世界上没有'没有洞'的东西，这样的想法不知道有多欣慰。"

洞，说不上什么原因，他的脸红了。是因为联想到女人身上的洞吗？还是自己整个被洞穿的人生，想起了那心中的虚空？

"要换个地方吗？我们俱乐部在其他地方还有余兴节目。您去那边的话，能认识到俱乐部的会员们，今天是我们俱乐部比较特殊的日子，好像所有人都跑到那边去了。"

他有些犹豫，越过会议招待会的会场，看向了窗外，天阴得厉害，好像马上要下雨了。

"您今天过来，就已经是我们的会员了。"

女子催促他，他迈开了脚步。管它呢！赵明植告诫过他不要问"为什么"，他无法想象"为什么"的质疑消失后，自己的人生会怎样。可是在这特别的日子里，体验一下又何妨呢！

从会场出来时天更阴了，比预想中还要潮湿的空气，沉重地压在肩头。李恩静抬手招了一辆出租车，据说洞穴俱乐部的会员里有开咖啡馆的，聚会后的余兴节目经常在那里举行，离会场有些远，需要过江。

走出会场时，李恩静一路和好几个人打着招呼，他们好像谁都不是俱乐部的会员。想想他现在除了李恩静，都没有见过洞穴俱乐部的其他人，这让他有些不舒服。他已经是上了年纪的男人，对于冒险不是感到兴奋，而是感到抵触，刺激是种疾病，即

117

使眼前有世界上没有被任何人发现的洞穴，只为他张大嘴巴敞着，他也不会进去。

"世界上还有很多没被发现的洞穴吗?"

在出租车里，他问李恩静。车正在过桥，李恩静看着车窗外回答道:"也许吧，或许和世界上一半的女人那么多。"

所谓世界上一半的女人，是什么样的呢?

"那样的洞穴，被我们称作处女 (virgin)。"

那么世上一半的女人是处女吗? 他不自觉地笑了。

"对处女感兴趣吗?"

"不只是男人这样。"

出租车过了江，驶往汉南洞的方向。尽管是周日的下午，路还是堵得厉害，别想快速通行过去。对面车道的司机，把手长长地伸到车窗外，无聊的胳膊独自在空中来回晃悠。花了很长时间，车才到达汉南洞。

"你的职业是什么? 是干什么的?"

他跟在李恩静的后面问。其实他想问女子的年龄，虽然女子看起来二十几岁，不过说不定她已经三十好几了。可以肯定的是，她的年纪比他的女儿大，比他的妻子小。

"我是做运动按摩的，在江南地区有店面，有空您过来看一下吧，我给您好好做。"

他没做过运动按摩，但去东南亚时，经常光顾按摩店。他想起了按压穴位的女按摩师的手，或许那也是一种洞? 那一瞬间风马牛不相及的想法浮现出来，又消失了。

"为什么呼吸那样急促呢？就像刚跑完步的人一样。"

"按摩不是主要用胳膊嘛，所以腿就挺可怜的，在店里有跑步机，每当觉得腿可怜时，就上去跑跑。"

李恩静说完又笑了起来。

"又当真了吧？其实跑步哪有什么理由啊，就是塑身罢了。"

"您挺爱说笑啊。"

"不高兴了吗？其实我开始做按摩也没多久，需要调整好体力，如果不好好打理身体，就使不上劲儿。本来按摩是哥哥先开始做的，店主也是哥哥。闲下来时，哥哥就给我做按摩，专业按摩师的按摩会让我气喘吁吁，也不知道为什么会这样。有时候呼吸急促，有时候很悲伤，还有时候觉得世界不就是那么回事嘛！"

李恩静好像又一次笑了。

"开始看洞穴时，就是这种心情，气喘吁吁的，很悲伤……其实那时候刚和男朋友分手，正在独自伤心，很气愤，很丢脸，也很孤独……用一句话来说，就是真想躲在什么地方永远都不想出来。"

躲在什么地方永远都不想出来……他点了点头，谁没有这样的经历呢，他也是动不动就想这样。因为知道没有可以永远藏匿的安全地方，所以这种愿望更加强烈，他无法放弃飞行的理由，大概也在于此，有时候他梦到可以永远瓢浮的天空。

"你认识佳恩吗？"

他终于问出了口，李恩静停下脚步，耸了耸肩膀，他不知道那是肯定还是否定的意思。但是没有确认的必要，在李恩静停下脚步的地方，后面可以看到咖啡馆的招牌，由于阴天而早早亮起的招牌名字是"佳恩，1989"。他的身体僵住，停下脚步看着招牌，不是因为"佳恩"的招牌，而是因为数字"1989"。

1989是他邮箱地址的后缀。他上了年纪才开始使用邮箱，输入的每个用户名，都提示说是重复的用户名，听从在用户名后增加数字的建议后，他按键输入了"1989"。直到后来，在用这个用户名给很多人发过邮件之后，他才意识到自己潜意识里存在的、那个数字的不祥意义。

1989年是他转业的年份，也是他母亲去世的年份，还在那年，妻子向他提出了离婚。结婚仪式后还不到一个月，他的母亲便倒下了，直到那年去世，一天都没能再站起来。五年里，他的妻子为没什么感情的婆婆端屎端尿、洗澡擦身以及治疗褥疮；身为军人的他，不在家的时候更多，不在家的时候，动不动就飘在她无法想象的天空某处，妻子经常很疲倦，有时候看上去比生病的婆婆还想死。母亲去世时，他止不住地痛哭，不是因为悲伤，而是因为生命中一多半的重量，终于从他的身上卸了下去，那舒畅和轻松以及喜悦太过于激烈，变成了可比拟悲伤的痛苦感情。他有罪恶感但很感激，很感激但很痛苦。意外的是在母亲的葬礼结束之后，妻子向他提出了离婚。他不顾对母亲的罪恶感，安慰妻子说"现在一切都结束了"。苦难的日子现在并没有都过去，母亲对不起；"今后只有幸福的生活"，母亲请您宽恕；"过去五年间你所受的苦，我会好好补偿的，我只为你活着"，母亲请您务必捂上耳朵。

妻子很顽固，那时妻子患有神经官能症，对于一个照顾瘫痪在床的病人五年的女人来说，如果连神经症都没有的话反而不正常。他理解妻子，所以相信妻子也必能理解自己，1989 年，那年想完全放弃什么的人，永远地消失、恳切地希望不再"每次、总是、经常"回来的人就是他，他相信妻子不会不知道。

"不是我要逃，是他消失了，我也没有办法。"

这是他对要求离婚的妻子反复咕哝的话。

词典上说"vertigo，是飞行员的飞行错觉或眩晕症"。此外，他搜索或剪贴的资料中，还有这样的内容：

2000 年 11 月 1 日，在江原道江陵市东南方向 25 海里的海上，一架空军 F‑5E，又名虎Ⅱ的战斗机失踪，失踪前飞行员留下两次相同的通讯：

"Leader Miss，Leader Miss！"

连战斗机的残骸都没能找到。

还有 2005 年 7 月 13 日晚，在韩国的西海和南海上空，两架战斗机以八分钟之隔相继失踪。次日空军发表声明称，西海失踪的 F-4E（鬼怪号）战斗机确认为坠落，南海失踪的 F-5E（制空号）战斗机，也推断为坠落。对于坠机之谜，媒体们争先恐后地做出了"事故战斗机是使用已达三十年的老旧飞机，这是一场可预测的人灾等"的分析报道，但对两架老旧的战斗机为何各自在不同的地方、以八分钟之隔失踪，却都说不出个所以然来。不久之后，空军得出了两起事故皆因 vertigo，即飞行员的飞行错视而导致的事故的结论。没有找到坠落战斗机上的飞行员残骸，代替下葬的，是为了以防这种情况出现而事先留存的头发和指甲等遗物。

1989 年 7 月 5 日，跟在他后面的部队同事，也只留下了"Leader Miss"的消息后消失。晋级很快的他，在那年被授予大尉军衔；他的同事，错过了晋级的机会，也错过了跟在他后面的机会，还错过了回到家人身边的机会。

没有找到同事的尸体，也没有发现同事驾驶的飞机的残骸，同事的父母不承认儿子的死讯。"我的孩子没有死！"那撕心裂肺的哭喊声仿佛还在耳边，"你们一起出去的，为什么只有你自己回来？为什么不把我的孩子带回来？"他们紧紧地抓着他的衣襟，扭动着身体。失踪的同事已有未婚妻，他转业时又去了同事家，她在未婚夫失踪或许是死亡好几个月后，依然在那个家里进进出出。时间冲淡了狂暴的情绪，同事的母亲不再抓着他的衣襟不放，给他讲天狗故事的，也是同事的母亲。

"——怎么能不烫呢，怎么能不凉呢？"

同事的未婚妻跟他一起听着天狗的故事，一次也没有看他的眼睛，眼神里也没有责备他为什么独自回来的意味。女子的眼睛就像一潭深水，装着这世界上所有黑色的大海。

她的名字是佳恩吗？也许是，也许不是，岁月过去了太久，他忘记了太多东西。他上了年纪后开始使用的邮箱后缀，输入1989的数字，不是因为那年他的同事失踪了，当然也不是因为那年他的母亲去世，1989年是他女儿出生的年份，怀孕和孩子的出生一下子治愈了执意要求离婚的妻子的神经官能症。

"这样看来我去过洞穴。"

停在咖啡馆前，看着依旧闪着黄灯的招牌，他对李恩静这么说。

"虽然不是处女。"

他很想像李恩静一样开玩笑，可是似乎并不太成功，那时的情景也不适合开玩笑。

他还记得在某一年的某一天，他跟妻子还有孩子，一起在洞穴里。那是夏季旅游胜地，必须乘船进入、号称"世界第一长"的地下充水溶洞，位于中国的本溪。船滑进洞里，冰冷发凉的水托着船底。因为是盛夏，他们没有穿在入口处发放的冬季夹克，在洞穴里被冻得无法忍受。可是船不停地、不停地滑行，非常安静地、冰冷地、顺滑地……他伸手揽过牙齿冻得直打颤的女儿肩膀，寒气没有消退，这次他揽过妻子的肩膀。对面一艘亮着灯的船向他们驶来，妻子抓住了他的手，对面船上的人在有着微弱的灯光的黑暗和寒气里，就像幽灵一般静静地坐着。过了一会儿，女儿也抓住他的手，他们三个人的手叠加到了一起，幽灵般地经过像幽灵一样的人静静坐着的船。

"我们现在在做梦，"那时候他也许这么说过，"非常短暂的、消失在世界里的梦，也是甜蜜的梦。我们只要相信，在我们短暂消失期间，世界存在着如此巨大的洞，还依然平安无事就好。世界绝对不会被完全填满，我们现在就在那里，在那空着的地方……只要知道这个就好。"

雨开始大起来，咖啡馆"佳恩，1989"的黄色招牌，随着雨丝一起摇摆。他想也许自己从过去的某个瞬间开始入睡，直到现在还在做着那长长的梦，那只是他原以为完全失去的、诱人且温馨的想象。李恩静重新在他前面迈开了脚步，他加紧步伐跟了上去，率先抓住了"佳恩，1989"的绿色青铜把手。

山那边南村里

真是奇怪啊，那记忆不知为何总是浮现出来。

别说丈夫死时的记忆，就连失去活蹦乱跳的孩子时那活生生的痛苦她都忘记了，其实与其说是忘记，不如说是不再隐隐地想起。可那该死的风，只要有风拂过耳根，她一定会想起那时候：踮着脚开稍高点的窗户时，站在阳台上颤颤悠悠地往下看、等着下班的儿子或放学回家的孙子时，鬓角的几缕白发飘动时，都会"蓦地"想起那时候。真是奇怪啊，那也不是什么特别的记忆，那种事在她满满当当的人生中，没有特别值得记住的理由。但那该死的风，只要有风吹得耳际发痒，不知道为什么，在那潮湿的记忆里，她唯独只想起那该死的风，然后牙都掉了的瘪嘴就咧开来，很久以前、久到数不清多少年前的笑容，仿佛像完全回到那时候的笑容，在她干瘪瘪的脸颊上纯真地绽放开来。

那是她怀上第十一胎时的事情，从十八岁出嫁到年过四十，她怀过十二次孕，除去丈夫被日军抓走的几年，他和其他婆娘姘居的几年，还有他在外地晃荡的几年，她隆起的肚子一直没有消停过，怀了一个又一个。她在怀第十一胎之前，也就是前面的十个孩子里，有两个生下来就是死胎，有一个在肚子里没待几个月，变成血块流了出来，还有两个没到周岁便断了气。活着的孩子中，前三个都是男孩，不能说她没有儿孙福，所以她想着以后不再生了，这样就挺好。

　　当得知肚子里有了第十一个孩子时，她把手里的水瓢，扔在厨房的地上摔了个稀巴烂。"该千杀的畜生！"骂丈夫的粗口首先爆了出来。在外晃荡了几年的丈夫，一回来就只知道交媾，在地里撒种还能结出诱人的果实呢，现在做这个有什么用？生孩子是痛苦和污秽的事，会脱肛，还会子宫脱垂，就像用肉硬生生地扫地一样，火辣辣地疼得人直想跳脚；还有裤裆总是被秽物和血迹弄脏，不晃动屁股也有股恶臭味儿。可是即使这样，地里的庄稼还是要锄，从吃奶的婴儿，到会数米粒的孩子，还仍然要喂。每次怀孩子，在那十个月里，她的脏话都不绝于口，诅咒丈夫自不必说，对年幼的孩子也毫不客气，"该千杀的畜生""该千杀的丫头片子"，看着吃奶的丫头听到那粗话咧开嘴笑，她也不自觉地笑了出来。已经生出来的孩子，再怎么骂不堪入耳的脏话，还是可爱得想要咯吱咯吱地咬上一口，可是还没出生的孩子却不一样。

　　她把橱柜里存着的钱取了出来，虽然少得可怜，但给一个小镇的医生足够了，当把皱巴巴的纸币和硬币码得平平整整地攥在手里时，她竭力地忍住没有破口大骂。花钱打掉孩子，这样的事她以前想都没想过，从十八岁出嫁到二十五岁，她接连两次生的是死胎，不哭不闹也没有呼吸的小家伙……其中一个仿佛刚刚还在喘气，鼻头还是热乎的。如果能生下活着的孩子，就算像耕地一样翻耕自己的身体她也愿意，踩踏、翻耕、锄铲，无论怎样都行……在怀了十次孕、年过四十岁、养了五个活着的孩子之前，她是这样想的。

她走了两个多小时去镇上的医院，一个老得眼袋乌青的医生接待了她。附近所有的人，都找这医生打过针，运气好的病好了，运气不好的再也没能起来，踏上了黄泉路，可是不管怎样，没有人在打针时当场死掉。医生朝着为了刮掉孩子而张大腿躺着的她爆粗口，她很久没洗的内裤和没有清洗的下身，弥漫着咸咸的虾酱味。在手术进行期间，她没有为自己身上所发出的气味害臊，因为没有完全麻醉而深入骨髓的疼痛，使她无暇理会年老医生的辱骂和手上怪异的动作之类。手术结束后，她重新穿上散发着味道的内裤时，看到了自己大腿上粘着的奇怪液体。"该千杀的畜生！"脏话她没有骂出口，再怎么说，不也是医生嘛！

回来的两个小时路很长，从下身的洞里涌上来的疼痛依然钻心，也许是因为生命流失后的空虚，她的双腿动不动就发软折弯了膝盖。初夏，正午的阳光蛮横地照射下来，她浑身都被汗打湿了。在田埂上生完孩子后用锄头切断脐带，然后把没锄完的垄沟锄完，这就是庄稼汉的娘们，她也是这么过来的。可是那天往家走的那两个小时路程，不是一口气就能锄完的垄沟，她坐在路边的骄阳下喘口气，然后站起来再走，走着走着又一屁股坐了下来。这样走走停停了三次，"蓦地"额头凉快了起来，然后是脖颈，还有鬓角，她的眼睛都眯了起来，整个脸上绽开了笑容。哎呀，风真是好啊，真有这么凉快的风呢，世界上这么凉快的风还是头一回感受到呢！被汗打湿后紧贴在鬓角的头发，随着风一起拂得她痒痒的。

在那不久之后，她又一次怀孕了。花钱打掉孩子不过是几个月之前的事，她不得不怀疑，是不是她在镇上医院丢掉的种子，又重新回到了她的肚子里，她不得不把那个孩子生下来。当时正值收获辣椒之后，尽管钱很宽裕，可是如果费心打掉的孩子还会重新回来的话，何必花那个冤枉钱呢？活着的第六个孩子，死的和活的全部加起来的第十二个孩子，成了她的最后一个孩子。在她最后一个孩子出生的前几天，从外地传来了丈夫丧命的消息。当时正兴起了淘金热，处于到处挖金子的时节，丈夫在哪里丧的命，丈夫又是怎么丧的命，她不得而知。婆家人跟当爹的在外晃荡期间已经长成独当一面的大儿子一起，赶过去收殓了尸体，然后她生下了第十二个孩子。

在为意外身亡的丈夫做法事期间，产妇怀抱着婴儿蜷坐着，直到漫长的法事活动结束，仿佛她能倚靠的只有那个婴儿一般，她紧紧搂着吃奶的孩子不撒手。巫师灵魂附体后没有说什么特别的，死去的丈夫不管活着时还是死了后，无非都只说那些话，什么死后独自去黄泉的路上很孤独、很冷清之类。"老婆子啊，把你独自撂下我怎么走啊，怎么走……"即使从巫师的嘴里传出了嘤嘤的哭声，她也没有跟着哭，该死的，可现在没法再死的人，死了还不忘多捞点跑路钱。对于吃奶的孩子，巫师只是说："可怜啊，可怜！"当提到吃奶的孩子时，她直冒冷汗，再没有别的话时，她才长长地舒了一口气。所谓的鬼魂，会那么轻易地来，又那么轻易地走吗？如果不来，也就不会走，也就是那么回事。可有什么不是那么回事呢？看着吃奶的孩子自己会站了、开始学走路、咿咿呀呀地学说话，然后跟其他兄弟姊妹一样，既不快也不慢地成长着，在很长一段时间里，她有时候会因为对老小奇特的担心而阴了脸。当然这都是很久以前的事情了，从那时候起直到现在，五十多年过去了，她忘记了很多东西。不，更确切地说，应该是大部分她都忘记了，不能说一点记忆都没有，可是记忆和记忆出现了脱节，留下了无从知晓意义的图像在那里空转，风就是这样。她的记忆里怎么会有风呢？对于老小也是如此，直到现在，她有时还会细细地盯着老小看，那眼神和看其他子女时不同，很特别，总是看得老小心里发毛："妈妈为什么用心情那么坏的眼神看着我？妈妈呦，动不动就这样。"就算某段时间有某种理由，可她现在都年过九十岁了，理由之类的也早都消失了。也许有理由却没有意义地留心看谁的眼神，还有无端咧在嘴边的微笑，如此的一切，都只是像习惯一样地存在着，在众多的习惯里，长久留下的习惯而已……那所有一切，都会和她最后的习惯，也就是和呼吸一起，最终灰飞烟灭。

都说人年过六十，活的就是别人的年纪，她把自己的岁月填满、要去活别人的年纪时，也就是她六十岁的时候，平生第一次去了海外旅行。自己的年纪、别人的年纪云云，说起来就尴尬，六十岁还是很年轻的年纪，过六十花甲的寿宴还有些难为情，为了尽孝道，子女们凑钱送她出去旅游。骄阳似火，烈日当空，她第一次看见那么多的石像和寺庙，尽管有很多可看的、可观赏的，可她还是被各处的各式树木所吸引。天哪，树也能长得这么茂盛吗？热带的树木很高、很大，也很绿，仿佛在各处引吭高歌、放声大笑或者"啊啊"地尖声叫喊。她站在树的中间，耳朵疼痛，感到了眩晕。

　　在旅行时她听说热带树木没有年轮，有的还会形成假年轮。她的脚下，似乎感受到了一年到头只噌噌地生长却没空形成年轮的树木粗壮而茂密的根部，脚掌都无端地蜷缩了起来。据说树木形成假年轮，是因为极度干旱的缘故，如果年龄不是必须用数字来计算的话，也就是说如果年龄可以用镌刻在生命纹理里、不可磨灭的伤口来计算的话，那就不能说热带树木的年轮是假的。热带的干旱该是多么地厉害啊，树木在自己身体上留下深深的伤痕，以至于镌刻到纹理中去，那干渴应该是如被食血噬肉般的痛苦。

　　热带的夜晚，在跟团去的旅行地，她想如果她再老一点，活着别人的年纪该有多好啊。六十岁还太年轻，形成假年轮显摆伤口、装病，还很丢人。但是现在她已过九十岁了，再回头看看，六十岁和九十岁的差别似乎并不大，是不是自己的年纪全部都是别人的呢？她的年纪没有特别地虚度过，也没有多少悔恨，六个孩子成长得都比较均匀，也许有的稍差点，有的稍好些，可他们都自食其力，都组建了家庭，养育了两三个孩子。在她八十八岁生日那天，全家人好不容易聚到了一起，大面积的公寓客厅里，连坐的地儿都没有。她把腿和脚放到沙发上，小小的身子蜷坐着，清点着在客厅、厨房和各个卧室间来回穿梭的子女、儿媳、女婿，还有孙子、孙女、曾孙子等的数量。"妈，你在干吗呢？"老小来到跟前问她时，她正好数到一百七十人，那时电视上正在播放大儿媳喜欢的连续剧，从连续剧开始时算起，她已经静静地坐着数了一个多小时。她把大儿媳算进去了两遍，又减出来一遍，再数进去又减出来，也不知道是算进去了还是减出去了，总共是一百七十人，不过也许是九百七十人也说不定。"哎呀，这家里的人太多了。"她有点害怕似的说。老小回应道："是吧？"好像如此兴旺的家族，是引以自豪的事情一样。那时她又盯着老小的脸留神看。"看，看！又来了！"老小打着寒噤从座位上起身的空当，她忘了自己想要看的是什么。八十八岁、马上就九十岁的年纪，她之所以怀疑自己的年纪都是别人的，就是因为她自己什么都不记得了，伤痕、悲哀或者痛苦之类自不必说，哪一天什么时候，她曾经那么快乐和幸福过也都不记得了。她的子女们感情很融洽，定期聚在一起，吃吃喝喝，拉拉家常，大声地说笑。现在身体老得只剩下一把骨头的她，总是若有似无地夹在子女们

中间坐着，听他们聊天。在喧哗的说笑声里，总会有个子女，缠磨着她的记忆，

"那时候啊，妈妈……"

什么那时候……她想不起来，也很好奇什么样的回忆，使得子女的脸上绽放出了那样的笑容，还有那快乐。按理说子女笑得那样开心，当妈的心里应该跟吃了蜜一样的温馨才对，可是她甚至忘了吃蜜时的温馨记忆。那时候发生过什么事情，使得那孩子如此地快乐呢？快乐到底是什么……当然她没有完全忘记笑，她看着电视上的喜剧节目会笑，在子女们和孙子们都不在的空房子里，一整天一动不动地坐着也会蓦地笑；有时候她还会哭，因为无视自己的儿媳妇哭，因为无心的大儿子哭，自己不小心摔倒了也会哭。但是她笑或者哭的理由，不是因为幸福或悲伤，而是因为空虚，自己像是空空的坛子，要不就像满是漏洞的竹筐，生命从开口处进入，消失在未知的地方，留下的只有空虚，如果说空虚也能留下的话。

八十岁时，她在洗手间里摔伤后，一度一病不起。如果病也分"说得清的病"和"说不清的病"，那么她的病就属于"说不清的病"，某个地方一直深入地、厚重地疼痛着。医生们对于她的病，也说不出个所以然来，问烦了便抛出一句"人老了就那样"的话。老了就那样的病，能用什么治？体重减轻、个子萎缩、力气流失，还有最后连她自己也说不出来的什么东西消失了，就那样消失了，经过漫长的岁月，一点一点地消失了，当她

意识到的时候，她甚至忘记了那是什么。

子女们从来都是报喜不报忧，小儿子做心血管手术、命悬一线时她不知道，直到手术结果良好、没有再担心的必要时，大儿子才把这样那样的事情告诉她，把她带到了医院。转危为安的小儿子，也许因能再次活着见到老妈而情绪激动，一见到她就红了眼圈，她在病房里停留时，小儿子一直抓着母亲的手不放。在子女中偏于冷淡的小儿子，在那之前从未抓过母亲的手，在那之后也是一样。

子女们用各种方式哄骗她，一起住的大儿子说每天吃的降压药是营养剂，女儿们每次出国旅行时，也总是敷衍说是去庆州或者附近的海边玩，住几天再回来。如果不这样，怕她会担心劳神，可是子女们的想法一半对一半错。不知道从什么时候起，她思考的范围确实变窄了，有时从早上到晚上，她只想着一件事，一天短得令人惊讶，又长得令人无法忍受。那时候如果说她内心担心，说她是费心劳神的老人也对，可是担心没有意义，老人的担心能有什么用呢？就算有好的问题解决方案，她也不知道解决那问题有何意义。不知道从什么时候起，现在的她，确实活的是别人的年纪，她的一部分，抑或是绝大部分，仿佛都住在别人家里，不是跟大儿子一起住的这个家，而是她不认识的、其他人的家。可那是谁的家呢？是谁为了借房子给她，自己急匆匆地从家里离开了呢？

大儿子说，老小出国旅游去了，以前真出国旅游时，总是搪塞说是去附近的地方赏花或者看枫叶，这次没有找其他借口，说是夫妇二人带着孩子，去了美国还是英国什么的……老小的电话中断后的黄昏，她站在阳台上，拉长了视线往外看，美国仿佛是小区门外的国家。平日里老小的电话来得很勤，其他子女可能十天半个月来一次电话，忘记了当妈的存在，但老小总是怕老妈盼自己的电话盼得心焦。不管老小来不来电话，她动辄就会想起老小，那是长期养成的习惯，尽管她现在想不起来为什么会这样，反正就是这样了。

孩子的爹死后，招魂作法的巫师对刚出生的老小既没有口出恶言，也没有送上祝福，至于疑心发生的人生的偶然，也没有发生在老小身上。感谢上帝的是，老小只是个平凡的孩子，毕业于一所不是最好但也不坏的大学，跟大她十五岁的大哥以人生历练的眼光给她挑选的男人相亲、结婚。从相亲、交往、恋爱，直到结婚，他们闹得是鸡飞狗跳，动不动就分手，又动不动和好，老小有时候狂热地幸福着，有时候又绝望地痛苦着，时而绝食，时而闹着要自杀，直到后来她才知道，这一切都不过是老小单方面的情绪。那时候她第一次知道，在原以为什么都不多、什么也不少的老小内心，其实有一个砰然被打穿的洞，老小在害怕。对于老小来说，她的丈夫也必须像她的哥哥们一样既当哥又当爹，但那可能吗？老小一天里总要独自跑到旷野十二次，累了再独自回家，那时的老小，就像独自登上戏台的演员，热烈又令人心惊。

老小婚礼那天下雨了，那记忆很鲜明。从车上下来步入婚礼礼堂的片刻工夫，老小的头纱被雨淋湿了，额头上也凝结着雨珠。她想老小活着时，会永远地记得那雨珠的，这个想法直到现在也依然如此。记忆潜伏在内部，等到完全褪去厚重的外衣，才会浮出水面，如果现在老小不记得那雨珠，那只是因为记忆还没有褪去自身的外衣。

儿子和她说老小一家去美国旅行时，她发现了一只飞进家里来的金龟子，外壳的颜色不知有多鲜明、多漂亮，如果有小孙子的话，肯定会说"呶，这个给你"，就像自始就是自己的一样，把它当作礼物送出去。她把金龟子放在皱巴巴的手掌上，低头看了许久，可是刹那间，无法理解的事情发生了，心脏的某一处被揪得生疼，那只是一瞬间的事，但那是强烈的痛苦和悲伤。她被卷入那样强烈的感受，还是在很久以前，她在那感受消失后好久，依然震惊得无法动弹。待怦怦的内心平复后，她把金龟子放到窗台上，踮起脚尖打开了窗户，风吹拂着她的鬓发。

人们都说老人上了年纪，能看见年轻时看不见的东西，那天她的心很痛，也是因为这个吗？她不知道自己身体的一部分，或许是一半以上的部分，所处的是谁的家，所以也许她也是个巫婆。其实有什么事是不可能的呢？那时候她知道有人离开了这个世界，还知道那个人在完全离开阳间之前，赶来跟她告别。无法承受的深情，无法承受的思念，她的心痛得不能呼吸，却流不出眼泪。她像丢了魂似的，好几天都下不来床，大儿子和大儿媳的脸，那几天阴沉得像被墨染过一样。

她生下过两个死胎，看见过早上还好端端吃奶的小东西到了晚上便断了气，还经历过活着的小东西变成血块流出来。但是即便这样，她到死也不知道子女死去是什么感觉，剖开肚子用手在里面撕绞的痛苦，也无法与之相提并论。不过这是很久以前的事情了，如果说人老了有什么好处，那就是现在不用再仔细记着那些事情，尽管需要很长时间，但那也成为所有事情中的一件，所有事情中的一件，也是唯一的那件……筛子的孔越来越大，有时候为了什么，筛子也会自己放大自己的筛孔。

　　据称去美国旅行的老小，突然拉开她的房门进来，是在老小的电话中断近一个月之后，大儿子和儿媳妇都出去了，白天只有她自己在家。她自己在家时，不怎么会开防盗门，所以在这之前，老小向自己的大哥要了房门密码，总是自己开门进来，因此老小突然闯进来，也没有什么好奇怪的。她的房间地板上铺着被子，虽然不是冬天，老小还是拉过被子把脚都盖了起来，抓着妈妈的手。

　　"你回来了啊？"

　　她问，老小点点头。"妈妈，也没买什么礼物。"这是把脚埋在被子里的老小开始打盹入睡前，对她说的唯一一句话。

　　她低头看着睡梦中老小的脸，"你是人，还是鬼？"她想问又不敢问，老小的脸上分明少了什么。但是人又如何，是鬼又如何呢？只要老小在这里，她就很感激了。从白天开始入睡的老小，直到房间暗下来还没有醒，大儿子回家打开了房门，她想问：

136

"你能看见这孩子吗?"大儿子的脸很阴沉,是痛苦、伤心的表情,就像他突然想起了很久以前既是妹妹又无异于自己孩子的那个丫头的表情。她想问:"今天下班早啊?"大儿子首先开了腔:"老小的对象来电话了……"女婿来电话……那么女婿应该还在阳间,如果不是的话,那就是他们都没了,只有女儿自己活了下来。瞬间家里的阴暗似乎更浓了,她看着他们的影子,虽然她不是巫婆,但她肯定他们还和她在一起。

那么,是谁离开了呢?离开他们家的是谁呢?原来是老小的老小,出了交通事故,没能拉到医院做急救手术,当场就那样走了。儿子跟她说这些时,她蜷缩地坐在沙发旁的地板上,只剩下一把骨头的身子颤颤悠悠地晃着,就像巫婆手里摇晃的法器,颤颤悠悠的……奇怪的是,老小的老小,她那样宠爱过的小家伙,她想不起来她的脸。老小的老小,那个小家伙今年有二十岁吗?还是二十一岁?她记不起来。其实这有什么好奇怪的,有时候她连自己孩子的脸都记不起来呢。她没有想起小外孙女的脸,而是想起了自己的老小、马上就五十岁的老小二十岁时候的脸。那个时候,她动不动就留心观察老小的脸,老小讨厌母亲的这种眼神,总是把脸别过去,每次老小白皙的额头,总是像影子一样留在她的记忆里,漂亮、端庄、白皙的额头,最重要的是,那额头上似乎刻不上印记。可是今天,睡着的女儿额头上,突然显现出了鸟脚印,女儿活到近五十岁,她第一次在白皙的额头上发现了鸟脚印。

女儿出生后，为丈夫超度的第四十九天清晨，在高高堆起的白米上，留下了亡魂离去的印记，是鸟脚印。无须怀疑，也没有必要再看，是非常清晰的鸟脚印，她一时望向了天空，生下来就没爹的女儿，那时候"呃呃"地哭了起来。现在的老小，比那时候的她年纪还要大，跟斯文顾家的男人结了婚，衣食无忧地生活着，生下了一个长得像爹的儿子，还有一个长得像妈的女儿。小时候，只要顽皮的男孩子扯一下老小的小辫，三个哥哥就一齐冲上去揍那家伙；再长大些，老小回家的时间稍微晚点儿，三个哥哥就分别把守在各个巷口；等到新婚后有段时间，三个哥哥轮流着每隔一周就到老小的家里去，坐个十分钟八分钟的再回去，从年长的大哥到稍稍年幼的小哥，都像年老的父亲一样守护着老小。那时候，老小为了让日子过得好点，不知有多努力，每天都胆战心惊的。也许得益于此，也许是上天的眷顾，老小的儿子长得聪明健康，老小的老小，在她的孙辈里年龄最小的那个丫头，温顺而漂亮。在老小的老小考上大学后的家庭聚会那天，老小喝着哥哥们一杯杯递过来的酒，不知是喝醉了，还是因为感激，说道：

"哈，现在我只管睡觉就行了，哈，一定要睡个够！所以啊，哥哥们以后别来我家了，妈妈也别来。"

哥哥们挂念着老小，三天两头地往老小家里跑，老小说这话时，都忘了这已经是二十几年前的事情了，哥哥们仿佛瞬间又回到了二十年前，放声大笑起来，她也跟着嘿嘿地笑了。

那样小的老小，失去了自己的孩子，因为交通事故……就算是寿命的定数已尽，也没有必要走得那么残忍。为了回到老小所在的房间，她站起来把脚在客厅地板上跺得咚咚响，嘴里有什么话要说，可话没有说出口，只是咚咚地跺得脚后跟生疼。当她回到房间时，老小已经坐了起来，看到她进来，老小露出了微笑：

"妈妈……"

老小的声音不知道有多纯真，她的心就像脚后跟一样生疼。她知道老小正在做梦，据说老小在埋掉孩子后的一个月里，一直在睡觉。老小该是什么心情啊，想杀死世间的所有一切，最后连自己一并杀死，所以老小不能醒着。老小不能来看当妈的，或许也是因为这个，不是怕年老的妈妈受惊，而是怕因为自己的孩子，甚至连自己的母亲也一并杀死，所以老小不能来。

"也没买什么礼物……该买点礼物过来的……"

老小喃喃地重复着这句话，又躺了下去，在纯真地微笑着的眼角，噙着那像微笑一样突然出现的泪花。这一切都是梦，为了理顺老小的梦境，她把被子往上拉了拉。在地板上随意搁着的老小的手指头，面目全非，送走孩子期间反复被啃噬的，岂止是手指和手指甲。瞬间，她的心，也和老小的手指头一样支离破碎，痛苦和悲伤在那支离破碎的心里盘成了团，感受痛苦和悲伤也是一件需要力气的事，从她的嘴里只发出了像哭声一样的"呃呃"喘息声。从当上妈妈到失去自己的孩子，老小的生命被洞穿了怎样的孔？跟她的一样，生命直至变成满是窟窿的竹筐，还剩下多长时间？

可是，什么礼物……老小可知道，到了死亡那天，两手满满的、怀里满满的收到的丰盛礼物，顶多是"什么都不是"，什么都不是、什么也都是……为了得到那礼物，需要费力挨过漫长的人生，这个老小知道吗？老小不可能知道，现在知道也不行，其实也许她自己都不知道。

她下意识地抚摸着疼痛的脚后跟，又下意识地摇摇头，然后心想所有的东西都是虚幻的，什么命运和鬼神，都是虚幻的事情，因此她把手放在沉睡未醒的老小额头上，把鸟脚印擦掉。失去孩子、来到老妈家睡觉的老小，心里该有多难受啊，可老小"呼呼"地打着呼噜，所以她的心更像是被撕裂了一般。年轻的时候，她经常去寺庙，如果遇见云游的僧人，总是施舍一些哪怕微不足道的食物。那时候无论是谁都会这么做，虽然不知道佛祖是否真的会降福，也不知道轮回或超脱的涵义。作为年老的佛教信徒，她突然开始去教会，是在年过八十岁之后，连医生都束手无策的"人老了就那样"的病，教会牧师说可以用按手祷告治愈，也许她是听到这些话动心了；也许她还受跟着丈夫去教会的老小的影响，天国的故事听得她耳朵都起茧了；但最重要的是，她的心被附近身为执事还是什么的女子的善行感化了，每到周日就来她家背着行动不便的她外出，给她喂饭，再送她回来，还为她祷告，为她理发，时常过来陪她解闷。对于子女来说，阴影一样存在的老妈，却被那些女子奉为"神的仆人"。她每天清晨祈祷，面前放着从未读过的《圣经》，对着从未见过的上帝。

可是现在她蹲在睡着的老小面前，不知道应该召唤谁，是上帝？还是佛祖？还是留下鸟脚印后走的丈夫？打鼾的老小往上拉了拉被子，初夏天气渐热，应该不是因为冷，是因为身体空虚吗？这时候她才看见窗户还开着，在她扶墙站起来、踮着脚想要关上窗户时，她的鬓发拂动起来，原来是风，哎呀，风真是好啊……真有这么凉快的风啊！她忘了自己是想要关窗才站起来的，就那样踮着脚贴在窗沿上站着。在那一瞬间，房间在她的身后消失了，风真的是太凉爽了，她咧开掉了牙的瘪嘴，笑容浮现在那干巴巴的嘴边。现在她的人生，不是洞孔宽大的竹筐，而是掉了底的缸，什么都没盛就消失了，可是风穿过竹筐的洞孔或者掉了底的缸时，留下了它的哭泣声。那风拂过她的鬓角，吹进现在笼罩在黑暗中的房间，触摸着她一时忘却的、老小的额头。风真是凉快啊，全身空虚、睡梦中也紧紧拽着被子的老小，在沾满泪水的脸上绽开了笑容。老小梦里的天空中，有什么飞过，是鸟？还是风？在漫长的岁月流逝后，总有一天老小也会苦苦地思索，为什么每次风拂过额头时，自己就会漾开笑容。她确信的一点是，那时候她已经不在这里了。

附一：解说

没有"嘴唇"的、存在的伤痛，流向哪里？

1. 没有呻吟、痛苦的人

她的小说，直击读者的后背，弄得杂乱后离开的房间，也许无心说出口的话，不经意间擦肩而过的相遇，我们轻轻地踩碾着忘却的记忆转身的瞬间，后脑勺火辣辣地疼，这是因为我们所经历的这些行为的痕迹，主体都是"我"。"我"和"我留下的痕迹"，本来就是不可分离的实体，直到突然浮现的记忆抽打着后脑勺时，才让人意识到"我们无法湮灭任何行为的证据"。由于金仁淑的小说，我们接受着"正式的自我"和"非自我"的界限拷问；得益于她的小说，我们开始欣喜地失去识别内部和外部、自我和他人、陌生和熟悉的能力。她不相信虚假的治愈和假装克服的演技，她那正直的绝望，也因此不会欺瞒读者。

金仁淑小说里的人物，都把具有决定性作用的丧失经历，当成生命的"通奏低音"。尽管他们有着不同的环境、职业和性格，但他们不自觉间已然失去个体的界限，给人一种强烈的幻觉，仿佛从一开始他们就是连体婴儿，蜷缩在同一个子宫里。他们互相抓挠着、踩踏着，叫嚣着自己的伤口更痛，但其实他们是有着相同伤痛的人。进一步讲，他们不单是因为"丧失的经历"而痛苦，而更因那种痛苦没有以任何方式表现出来，所以使得内里的伤口无限扩大。金仁淑笔下的人物，本能地抗拒成长或进步、治愈或克服之类的格调，他们不是用自己的个性或人格，而是用自己"伤口"结成的固有纹理，塑造着自身的本体性。

在远洋打鱼的父亲和独自抚养孩子的母亲之间长大的女大学生（《再见，埃琳娜》），被不但逃避兵役而且逃避所有社会责任的父亲和患有精神焦虑症的母亲抛弃的孩子（《呼吸—噩梦》），在平生没有把握好自己份额的龙凤胎哥哥和没有任何欲望也不想成为人妻、只是独自老去的妹妹之间拼命生活的女人（《一个灿烂的午后》），在一离婚就立即前往巴西的母亲和怨恨母亲一生的父亲之间成长的女儿（《赵东玉，法比娜》），把妻子和女儿送到国外、每个月总有几天在空中过夜的中年飞行员（《眩晕症》），诅咒只会一个劲地让妻子受孕和在外面晃荡的丈夫而不得不独自生下十二个孩子的老妪（《山那边南村里》）。他们都在人生中错过了眼前最珍贵的东西，没有组建幸福家庭的经历，更重要的是没有把自己的苦痛自然地倾诉出来并引起共鸣的经历。他们中较为突出的自我，是《那天》的主人公李完用，金仁淑塑造的李完用，同样超越了善恶的界限，作者以独特的视角对人物进行了全新诠释。金仁淑塑造的人物，是有舌头却没有嘴唇的存在，也是有言语的能力却不向任何人倾诉自己苦痛的存在。他们在日常生活中患了某种自发性的失语症，他们失去了把所经历的伤痛自然地与他人交流沟通的能力，没有用语言表达出来的欲望，具有内部指向性。对此刻画得较为典型的人物，就是《呼吸—噩梦》中的父亲。

父亲是个天生羞涩的人，如果有必须要说的话，头就会像要开裂一样的疼痛，脸也会涨得通红；要是必须要说很严峻的话时，心脏还仿佛要跳出胸膛，腿也会瑟瑟发抖。不管是在学校还是在部队里，折磨他的就是"说话"。如果可以避开"说话"，不管什么事他都会去做，可事实上在决定性的瞬间，几乎没有可以避开"说话"的方法，最后必然会出现残酷的灾难。在军队里，老兵们常常要求他答话，每当这时，他的头仿佛要裂开，脸红得要滴血。虽然那都是些没有任何意义的问题，不管怎么回答结果都是一样的，但是他必须得说点什么。他颤抖着双腿思考时，第一轮抽打开始了；他更加急切地反复思考，那期间紧接着的，是第二轮抽打和第三轮抽打。说话被思想替代，思想又一点点夺去了说话的时间，这样的恶性循环持续着，最终父亲完全钻进了思想里，再也不想出来了。他想了又想，想了还想，思想在思想里被夸大，在思想里成喜成悲。①

　　小说描写了一个躲在自己的梦想里不愿出来的父亲形象，他的思想在沉默中被放大和变形，这个只有思想在不断地进行自我分裂的父亲形象，跟这样敏感、自闭的精神世界不相符合，父亲被描写成一个拥有强大的肉体感官的人。金仁淑的小说中较为有趣的一点是用肉体的符号来表现"语言没有表达出来的欲望"。对家庭不说任何"有意义的话"的、软弱无力的父亲们，总是用非凡的生殖能力，释放着"说不出的话"。《再见，埃琳娜》、《呼吸—噩梦》、《山那边南村里》等塑造的父亲们，都是同时兼具"对家庭不忠"和"有强烈的性欲"的人物形象，语言的过少状态和肉体的过剩状态，是金仁淑笔下的父亲们趣味盎然的共同特点。不负责任的父亲们，尽管一次也没有把到处抓挠的、存在的伤痛，变成"话"说出口来，但伤痛却在不断地腐蚀着存在的什么。金仁淑刻画的女人们，是在身体某处像地雷一样隐藏着这"无法言语的苦痛"的人。

2. 打破心灵沉默的身体破裂声

　　语言虽然是人类所拥有的利剑，但是语言也是可以伤害人类

---

① 自《呼吸—噩梦》第 24—25 页。

的利剑，^① 人类虽然通过语言的符号体系分析自然和征服自然，却也可以因为语言而坠落。什么都不想负责的父亲，抗拒国家的命令即最高权力的语言（参军）的父亲（《呼吸—噩梦》），是为了不被语言伤害而身体拼命挣扎的典型代表。然而这伤痛却转嫁到了他人（妻子）身上，妻子又将这不能承受的生命之重，转嫁给了孩子。拒绝语言的父亲们和尽管在语言里被撕裂却仍然拥抱语言的母亲们之间，是没有胜负的对立。父亲游离在日常的语言世界之外，也不受社会语言构建的命令体系的约束，但是却阻止不了从自己内部喷薄而出的、没有转化成语言的欲望。抗拒被语言不停伤害的父亲，希望无痕地隐匿在正式的语言符号体系无法一一触及的、隐秘的身体游戏里，父亲沉湎于性爱，也是"通过性爱一时忘却语言的过程"^②，父亲以隐匿自我只是想通过性爱的身体来忘却语言存在。

年轻的时候，父亲身体很好，父亲推迟八年入伍时，使得老兵们瞬间怒火中烧的原因之一，就是他的身体。那么好的身体，不献给国家，不献给义务、苦难、屈辱、痛苦和光荣，而只是忙于和娘们及小兔崽子们厮混，这让老兵们无法接受。那样好的身体，享受肉体时欲仙欲死的快感，让老兵

①　自朴梭相《空心》第 29 页，Green Bee 出版社 2008 年出版。
②　同上书，第 32 页。

们想想就抓狂。于是在嫉妒、愤怒、偷窥癖和施虐等如同热锅里的水一样沸腾的那个地方，父亲被当作是一具没有任何思想的躯壳……面对探视他的、即将临盆的母亲，就只想着把自己的阴茎插进去的父亲，在孩子出生后休假回家时，也只是除了这个再不关心其他。只要能做爱，他就一直做下去，不能做时，他就抓举院子里的杠铃消火。他几乎整天站在杠铃下面，反复收缩和拉伸的肱二头肌和肱三头肌的纹理上有了伤口，伤口恢复后变得更加健壮，他精壮的身体上，肌肉鲜活可见。身体比世界上的任何东西，都诚实地反映着自己的欲求不满，并在那伤口上留下美丽的肌肉纹理。[①]

父亲从逃避兵役开始的"从语言逃脱"，是自我不想融入社会命令体系的挣扎，但那抗拒的代价，完全落到了独自留下的母亲身上。父亲无法承受的生命之重，转嫁给了母亲，母亲最终把无法忍受的、对生命的恐惧，转嫁给了儿子。《呼吸—噩梦》的叙述者，最后被证实是父亲被抓进军队期间，被实在无法承担生命重量的母亲杀死的儿子的灵魂。儿子作为看不见的灵魂虚影，追踪着母亲死后的父亲的生命，他们一家的故事就像是追忆和记载着没有写完的《奥德赛》一样，死去灵魂的喁喁而语，虽然没有用"文字"或者"语言"的形式记录下来，可是通过对四处散

---

① 自《呼吸—噩梦》第30—31页。

居或者死去的家人们生命轨迹的描写，把它们一片一片地拼凑起来。最终构建出完整故事的，是死去儿子的灵魂。

《一个灿烂的午后》形象化地描写了主人公刻意回避人生，却以其他方式回归，并在他人的生命里留下无法抹去的痕迹的过程。身为龙凤胎之一出生、生怕自己的"份额"被龙凤胎哥哥抢走而战战兢兢地生活着的"我"（龙凤胎妹妹萍淑），还有代替她背起她所抗拒的龙凤胎命运的老幺妹妹（萍熙）。三兄妹中生活能力最强的萍淑，虽然过着富裕的生活，却摆脱不了对在子宫里就开始竞争的龙凤胎哥哥升旭的那种命中注定的负罪感。哥哥升旭费力地经营着入不敷出的炸鸡店，孱弱的病体烙印般地如影随形，最理解他的，是老幺妹妹萍熙，萍熙反而比升旭的龙凤胎妹妹萍淑对升旭"说不出的话"更加有共鸣。

很久以前，他们曾在机场附近住过一段时间……萍熙整天待在阳台上，出去也总是捡各种东西，从瓷碎片到生锈的易拉罐，遇到什么捡什么，她说这些东西是从飞机上掉下来的。……按照萍熙的说法，从飞在高空的飞机上，扑通一下掉下来个东西，一骨碌爬起来，叫着妈妈开始往前跑，那是个身体非常小的孩子。她说孩子太小，飞机飞得太快，从那时起直到现在，孩子还在不停地追赶着飞机。萍熙说了没人相信的话以后，从那晚开始做噩梦，每天晚上尖叫着醒来，起来跑到阳台上，再次尖叫着喊："那孩子还在跑着！那孩子从我的梦里跑出来，现在还在那里跑着！"因为做噩梦的萍熙而睡不安稳的家人，跟着萍熙跑到阳台上，看向黑暗的田野。萍淑和她的母亲、父亲一样，什么都没有看见，可是升旭和萍熙看向同一个地方，升旭紧紧抓着萍熙的手，看向萍熙视线的方向。

他们就像一个身体里长出的老枝和嫩芽，当兵的升旭瞒着家人做盲肠手术时，也许感到腹部撕裂般疼痛的，不是萍淑而是萍熙。①

他们没有实现的梦，萍熙和升旭没有孕育出的梦，成了幻想中的孩子，至今仍然奔向那世界的尽头。"那孩子从我的梦里跑出来，现在还在那里跑着！"这样喊着的萍熙已然知道，被萍淑拒绝的双胞胎命运，转嫁到了自己身上。某天萍淑突然问道如果时间可以倒流、人生从头开始的话，自己想成为什么。萍熙就像很久以前已经洞穿了姐姐的潜意识一样，直接打断说道："如果那样的话，姐姐会想自个儿出生的。""听到那话的瞬间，萍淑的胸口仿佛裂开了洞，很久以前的洞，打开了封印，鞭子一样的风嗖嗖地吹过。"萍淑经常突然被莫名的恼怒所困扰，那空虚、恼怒的本体，已然被老幺妹妹洞悉，那不只是具体的痛苦记忆，也不

———————————

① 自《一个灿烂的午后》第51—52页。

仅仅是因为萍淑抗拒双胞胎的命运，"那或许是更本质的、出生的问题"。"看向出生的视线"，这就是金仁淑塑造的人物们在曲折的经历之后，面临的"存在"的门槛。

> 然而，其实不是没有记忆，在她成长的所有瞬间，她都记着她的兄长，这种记忆甚至追溯到在子宫里时。记忆不是刻意的，只是保存了下来。虽然无法表述，但萍淑在自己开始存在的瞬间，就知道还有一个人存在，在感受着同样的痛苦，还知道这痛苦将伴随着他们一生。如果哪天自己非常痛苦，她相信升旭也在承受着同样的痛苦。[1]

在《一个灿烂的午后》中，追忆出生前的世界，追忆命运的色彩和形态尚未确定的世界，追忆龙凤胎之间连"存在的界限"都尚未区分的世界，使人意识到施加痛苦和遭受痛苦的债权者和债务人，并不是完全分离的主体和他人，而是从一开始就孕育在同一个胎盘中的命运共同体。

3. 没有升华的逃脱，忘我的喜悦

乍看上去，金仁淑塑造的人物，都是因为致命的丧失经历而

---

① 自《一个灿烂的午后》第46页。

失去了健康灵魂的存在，可他们最终到达的地方，不是"对丧失的怨恨"，而是对"不停的丧失就是生命"的肯定，从这个大的、肯定的层面上来看，"丧失"本身或许成不了任何的"变数"。不是只有"丧失"本身是痛苦的，丧失后没有升华出任何东西，伤口处没有结成任何伤疤，这才是生命的荒芜之处。从这种意义上看，金仁淑笔下的母亲们，以她们自己的整个生命为赌注，来克服"灵魂的不毛之地"，那不是单方面牺牲的、盲目的母爱，而是把子女们为了在这个世界存活下来而抛弃的那些"没用的东西"悄悄地放在心头的爱。进一步讲，她们使得那些被抛弃的东西，重新获得了新生，为它们准备了升华后的新生活，这就是金仁淑刻画的母亲形象。

特别是《赵东玉，法比娜》里的母亲，从这个意义上说，她称得上是我们这个时代沾满了鲜血的圣母，不是因为这位被血浸透的圣母是伟大母爱的缔造者，而是因为她以貌似拒绝母爱的姿态，反衬出了她悲剧式的存在。赵东玉那法比娜的记忆，无法利落地切割为人文主义或者女权主义，它是无法称之为"母亲"的、"只是一个女人"的秽语般的人生。"女儿"迷恋土里埋着的东西，佯装不知道母亲赵东玉和父亲离婚后去巴西的理由，母亲离开的真正理由不仅仅是因为和父亲离婚，而是"为了不抛弃"女儿在十五岁时生下的、没有父亲的孩子。尽管女儿试图相信自己生孩子是"圣灵"的力量，希望母亲务必要把自己生的孩子不留痕迹地抛弃掉，但是母亲赵东玉用"法比娜"的陌生名字，在遥远的巴西，把女儿的孩子当作自己的孩子来抚养，期间没有来过一封信。"女儿"对碑石上镌刻的墓志铭或者土里埋着的各种杂物，表现出了病态的执着，这也许是她自己最想忘却的记忆没能在内心深处真正被掩埋的隐喻？她被寿宁翁主的墓志铭所吸引，寿宁翁主不能忘记被外敌抓着头发掳去的女儿，怀着痛入骨髓的悲恨郁郁而终。

寿宁翁主失去女儿后，经历了痛入骨髓的痛苦；母亲为了成为法比娜，必须抛弃赵东玉的身份，为了不抛弃女儿的孩子，母亲必须抛弃女儿，那是一个女人无法言语的痛苦。还有女儿懵懵懂懂间做了母亲，生下孩子后立即隐瞒了这一事实，仿佛什么事都没发生过一样地生活着，女儿的这种痛苦，和寿宁翁主、母亲的痛苦一起，就像同一个星座上的不同星星，深深地镌刻在读者的心中。"寿宁翁主——赵东玉——她的女儿"这一谱系，都是失去了最心爱的东西却无法表露痛苦的母亲们。名为赵东玉——法比娜的女人，自称是"狗杂女"，说脏话就像开玩笑一样随便，却坚韧地活在人生巨大的玩笑里。

赵东玉——法比娜，在遥远的国家，每天把他人肮脏的衣服洗得干净夺目，一起冲洗掉的，还有刻在她那无法再见的女儿人生中的致命污点。揭示这一切的，是以赵东玉的孩子的名义成长、实际上是赵东玉女儿生下的那个孩子用葡萄牙语书写后寄来的信。"女儿"从未学过葡萄牙语，摸索着解读她生理上的孩子写来的信，把失去的母亲和失去的孩子完整地找了回来。她们虽然没能共同生活，可是通过"赵东玉——法比娜"这个女人秽语般的人生记忆，共享着灵魂的脐带。

那天从博物馆回来的路上，她把信埋在了土里。以前住过的房子旁边的空地，她曾挖出过箆子，如今建成了住宅小区。昏黄的灯光，从那些房子里暖暖地透出来，那里住着妈妈，住着女儿，还有女儿头上的虱子之类，就像很久以前，她的头发被母亲用箆子梳过一样。……千年之后，如果有谁发现了那封信，就像她为了解读寿宁翁主的墓志而一个字一个字地斟酌一样，为了解读那些尘封的文字，那个人也会彻夜难眠的。于是她在信的空白处，补充了一句话："我的孩子呀！"意犹未尽，又添上了一句："痛入骨髓！"

也许就是在那一瞬间，在中央博物馆金石文展厅里看到的景象，又出现在她的眼前，那是她被排队的人群推搡着、倒退一步时看到的景象，是在展厅玻璃上映现出的、抱着小孩的母亲形象。展厅里数不清的人中，不可能没有抱着孩子的女人，她转过头去四处张望，真的是抱着孩子的女人，两只胳膊各自搂着一个孩子，不高傲、不柔弱、不浅薄地微笑着的女人，晃动着有力的胳膊，穿过人群，走进玻璃里。那女人就是在人生最后的十六年里，过着"狗杂女"的生活，但谁都不认为是"狗杂女"的、她的母亲赵东玉——法比娜。①

　　赵东玉的女儿把一次都没有抱过的孩子写的信，埋在土里，把记忆掩埋，把永远的伤痛，埋在了用铁铲之类无法挖出的记忆深处，那不是"记忆的消亡"，而是很久之后"为了重新回忆的藏匿"。她会结婚生子，然后开始新的生活，如同她圣灵感孕般生下的孩子，用葡萄牙语记述着她母亲的十六年，她解读着那些暗语般的信件内容，把失去母亲的十六年重新找回来一样，她自身也成为秘密，随着不断地老去，放下了自己的生命被理解和被克服的幻想。她明白了费尽心思地回避记忆或者删除记忆，并不能从记忆中得到解脱，就像很久以前寿宁翁主把痛入骨髓的痛苦埋在土里一样，她把自己的孩子和母亲，也静静地埋在灵魂的地平线下。寿宁翁主失去女儿的悲伤，化作了痛入骨髓的哀怨，在数百年后警醒了她；她那痛入骨髓的痛苦在千年之后，也会转达给某个女儿和妈妈。她自己埋在土里的信，变成了无名的遗物，一直折磨她的那噩梦和无解的耳鸣，终于消停了下来。

　　存在便会留下痕迹，没有出现在语言世界里的丈夫，即在客地生活、在客地死亡、既不憎恶也无法原谅的丈夫，在高高堆起的白米上，留下了看不见的"鸟脚印"（《山那边南村里》）；没有回到女儿身边、为了偷偷抚养女儿的孩子而远赴巴西的母亲，

───────────

① 自《赵东玉，法比娜》第78—79页。

在女儿心中留下了用葡萄牙语书写的、无法解读的信（《赵东玉，法比娜》）；一起飞行途中同事的坠落和死亡，在独自存活下来的中年男人心中，留下了无法填补的、灵魂的洞穴（《眩晕症》）。这种丧失性经历的伤口，在逐渐地愈合，可伤口在裂开瞬间的血腥味和伤口处惨烈的疼痛，却像凛冽的旋风一样，留在他们内心深处的某个地方，然后从生命中脱体而出，用没有高度，也没有深度的眼神审视着生命。

最终他们醒悟了，"我是永远不会结束的故事，一切的起因，一切的结局"（《赵东玉，法比娜》）。这是对善良的人、对恼怒的人、对可怜的人，抑或是对该死的人都适用的生命伤口。它不是因为痛苦而产生的伤口，而是意识到"活着本身，就是巨大伤口的一部分"的人的微笑，也是肯定"无法摆脱命运"的人的从容。我们的"自我"，不是等着被治愈或者被发现的、本质上的自我，构成自我的欲望晃动，永远晃动的自我，临近死亡时也绝不会被理顺或者意义化的生命母体，和灵魂晃动的胎盘相逢。我们虽然生活在必须用语言才能进行社会沟通的世界里，但即使不使用语言，也会不自觉地表现出我们的欲望，我们的一个个手势、一声声喘息，都是欲望的载体。为了成为"妥当的自我"而抛弃"不妥当自我"的挣扎，为了成为"干净的自我"而收起的"不洁净自我"的记忆，都永远地徘徊在我们的生命周围。

可是，没有东西会完全消失，曾经是我内在一部分的"自我"，不断地侵犯着"相信那才是我"的界限，总有一天会把那坚实的自我解体。隐秘、熟悉而又很奇特的自我，每次受到压制，反而更鲜明地凸显出欲望的脸庞。不是人支配事，而是事支配着人，虽然我们把事进行了重组、记录和删除，但绝对不能被记录下来的事，作为我们肉体上烙下的痕迹，继续着第二次生命。

在这个世界上，没有死了便完全消失的东西，没有言语不代表不存在，没有言语会留下比言语更真实的、身体的痕迹，生命的蠕动会留下存在的痕迹，无论如何擦洗、抛弃或者焚烧那痕迹，痕迹还是会在生命和非生命之间晃动，永远在向我们倾诉。就像坐着远洋渔船、在外面漂泊的父亲一样，直到母亲离开后才回到家里，茫然地诉说着无尽的忏悔，金仁淑的小说，刻画的是我们失去的、数不清的"埃琳娜们"的故事，我们佯装不知的、数不清的"法比娜们"的故事。虽然那些男人抛弃了那些女人，那些女人也毫不示弱地抛弃了那些男人，但是他们尚未结束的故事，披上了名为"小说"的美丽缕衣，无论何时都复活在我们面前。就像尼采所说的那样："一度运动之物，如同昆虫嵌在琥珀中一样，嵌进了万有的总联系之中，从而变得永恒了。"

不过晃悠真是好事啊，坐过船的人都知道，不晃才受不了呢！从船上下来，脚一踏上港口，整个世界，从那时候就开始晕。摇晃的腿站在不摇晃的地上，受不了啊！所以船员们歪歪扭扭地走路，大家都捧腹大笑！可是埃琳娜……骑在

156

她身上晃晃悠悠的，真带劲！真是好女子！无论多久都让我骑，只要我愿意，我骑一辈子她都乐意。她的名字是埃琳娜，女儿的名字也缀上埃琳娜。那个国家就是这样……我必须得回去啊！就算我是个跑船的，也是个混蛋，但这道理我还是懂的，必须回去，回去守着我的老婆孩子，折腾着过日子。当然对不起啊，没办法不抱歉啊，话说在港口啊，到处都是因为抱歉不知道该怎么办的人，还有因为抱歉不晃悠就受不了的人，也不管是自己的，还是别人的，搂着小崽子们，嘴里喷着酒气，在小东西们的耳边念叨着哭啊，那场景，真是不忍看啊，一边哭，一边说对不起啊，对不起……我还是个人，所以对不起啊……人只要活着，就会对活着的那些心存愧疚。①

郑汝郁　韩国文学评论家

---

① 自《再见，埃琳娜》第13—14页。

附二：作家的话

　　家里有一个盆景，几年前刚搬来家时还插着标签，我自认为不是什么难记的花名，不久后就把标签撕掉了，可是原以为好记、不会忘掉的名字，至今都没能再想起来。那是一盆不到我腰部、低矮的小树，写着这文字时我看向了那花盆，忘掉名字不知该如何称呼的那个东西，不知该叫它"树"，还是该叫它"草"，抑或是该叫它"花"？这几年它从未开过花，所以叫"花"肯定不合适。

　　在箱包制造公司上班的大哥，客户中有卖花和树木的，哥哥去送货时讨要了大大小小的花卉，在阳台上一字摆开地等着兄弟姐妹挑选。弟弟妹妹们从哥哥家里拿来各式的花草，其中叶子展得很开的小花最多，每当那时我小小的家里就会被花儿点缀一新。可是好景不长，跟母亲和哥哥不同，母亲把花草打理得很好，哥哥也很喜欢花草，我却在这方面没有一点禀赋，水浇多了蔫掉，水浇少了枯死，没过几天就不行了。花刚搬来时，我的心情是无比喜悦的，扔掉死去的花时，心情也是无比糟糕的，扔掉还没完全死去的花是种罪过，所以我放任家里的花一点一点地枯死。有时候我也努力试图挽救，有时候只是等待着时间的流逝，直到扔掉时不会产生罪恶感。

现在我看向的那个盆景，不知道该叫树还是什么的那个，只有它在我的家里存活了下来。令人惊讶的是，不浇水它活着，浇水它也活着，过了很长时间突然想起来时它还活着，把它忘了很久后浇上一大瓢水，浇水前和浇水后依然没什么两样。如果我没记错的话，自从搬来家里后，它既没有长大，叶子也没有下垂，所以有时候我会用手指戳它，"你还活着吗?"很想这么问。正在码字的现在，我也时不时地用余光瞟那个盆景，感觉过意不去，而且非常抱歉。

在同一个家里，我们太无心了。

"话越长，就必然越空。"这句话通过本书收录的小说的主人公说出来。"就算你的心里不能原谅，还好还有'话'，用'话'说原谅吧!"这也通过另一个主人公表达出来。单篇写的时候没有发现，汇集起来时有东西显现了出来，是时间。在时间里，我没能放进去的、很杂乱的、很不舍的话，我希望它凝练，却似乎并不容易。虽然这是不可能实现的愿望，但是我梦想过"话"消失、只留下"文字"，不能祈盼着"话"和"文字"都消失，目前道行尚浅，得道成仙还遥不可及。开个玩笑，什么道啊……我没有想过那些。

对住在同一个家里的树都无心的我，对什么不是无心的呢?

可以说没有绝对一点都不抱歉的对象，幸好对我自己也是如此，所以我继续码字，或者又咕哝咕哝……

必须感谢的人很多，必须感谢的花和树、土和水、风和天，还有记忆也很多。但是必须压缩，这只是我的简洁的方式。

2009 年 9 月

金仁淑

附三：收录作品原发表刊物

再见，埃琳娜	《韩国文学》2009 年春季刊
呼吸—噩梦	《Munhakdongne》2007 年秋季刊
一个灿烂的午后	《现代文学》2005 年 7 月刊
赵东玉，法比娜	《创作与批评》2006 年春季刊
那天	《现代文学》2007 年 1 月刊
眩晕症	《韩国文学》2006 年夏季刊
山那边南村里	《文章网》2008 年 5 月刊

图书在版编目(CIP)数据

再见,埃琳娜／(韩)金仁淑著;聂宝梅译.
—上海:上海译文出版社,2019.11(2021.1重印)
ISBN 978-7-5327-8245-1

Ⅰ.①再… Ⅱ.①金… ②聂… Ⅲ.①短篇小说一小
说集-韩国一现代 Ⅳ.①I312.645

中国版本图书馆CIP数据核字(2019)第263828号

本书由韩国文学翻译院资助翻译及出版

○ 韩国文学翻译院
Literature Translation Institute of Korea

图字:09-2017-650号

再见,埃琳娜
[韩]金仁淑 著 聂宝梅 译
策划/陈一新 责任编辑/徐珏 装帧设计/胡枫

上海译文出版社有限公司出版、发行
网址:www.yiwen.com.cn
200001 上海福建中路193号
上海市崇明县裕安印刷厂印刷

开本 889×1194 1/32 印张5.25 插页2 字数85,000
2019年12月第1版 2021年1月第2次印刷

ISBN 978-7-5327-8245-1/I·5059
定价:38.00元